Kaikki BDSM

Taka Sisäänkäynti

Erika Sanders

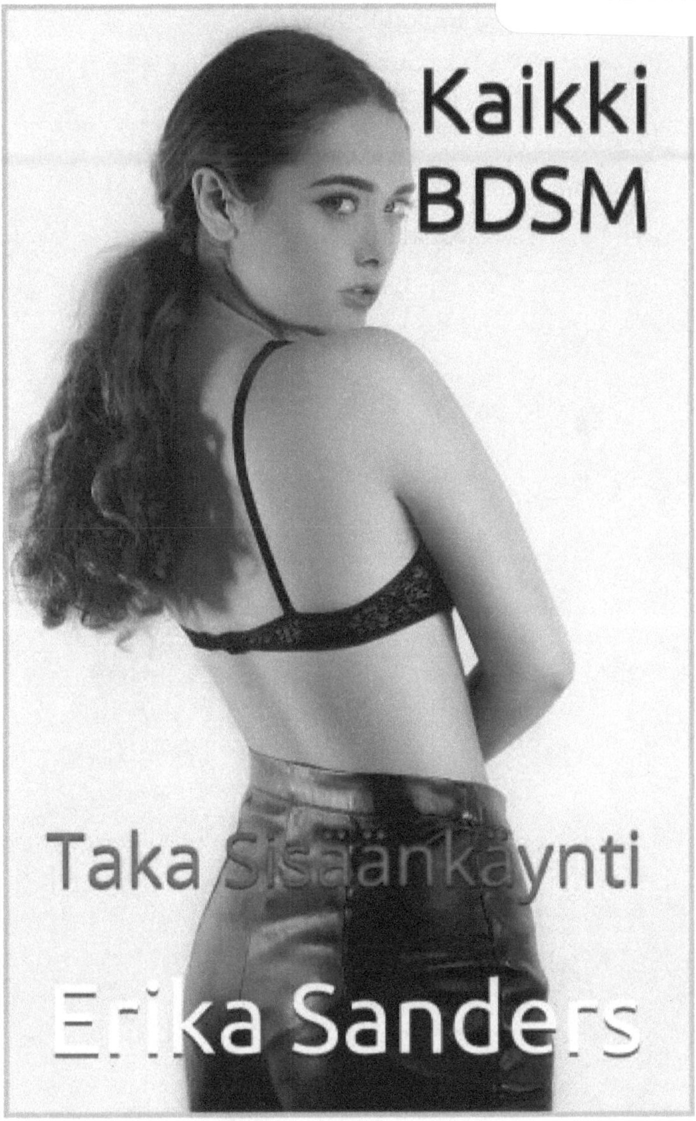

Kaikki BDSM
Taka Sisäänkäynti
Erika Sanders

Kaikki BDSM

Tiivistelmä

Se koostuu seuraavista romaaneista:
Taka Sisäänkäynti
Kapea Peppureikä
Löytää Takasisäänkäynnin
Riskialtista Takaisin Vetoa

Kaikki BDSM on romaani, jolla on vahva BDSM-eroottinen sisältö, ja puolestaan uusi romaani, joka kuuluu **Eroottinen Dominointi ja Alistuminen**, sarja romaaneja, joissa on korkea romanttinen ja eroottinen BDSM-sisältö.

(Kaikki hahmot ovat vähintään 18-vuotiaita)

Huomautus kirjoittajalle:

Erika Sanders on kansainvälisesti tunnettu, yli kahdellekymmenelle kielelle käännetty kirjailija, joka allekirjoittaa eroottisimmat kirjoituksensa, kaukana tavallisesta proosastaan, tyttönimellään.

Indeksi:

KAIKKI BDSM
TAKA SISÄÄNKÄYNTI
ERIKA SANDERS

TAKAPUHELU

VUODEN YLLÄTYSBILEET

LUKU I

He olivat parhaita ystäviä lukiossa. Ja he ovat pysyneet parhaina ystävinä siitä asti.

Vaikka he olivat isossa kaupungissa asuvia aikuisia, omalla urallaan ja omalla kiireisellä elämällään, he löysivät silti aikaa tavata vähintään kerran viikossa keskustan kahvilassa, jossa he jakoivat päivityksiä elämästään.

He olivat edelleen pukeutuneet toimistovaatteisiinsa jutellessaan kahvin ääressä.

"Joten viides vuosipäiväni on tulossa", Lesley sanoi viitaten avioliittoonsa Robin kanssa.

Marlene terävöitti katsettaan. "Tiedätkö, 5 vuotta on iso juttu, varsinkin nykyään. Tiedätkö mitä se tarkoittaa, eikö niin?"

"Että?"

"Se tarkoittaa, että sinun on hankittava hänelle jotain erityistä tällä kertaa ja myös päinvastoin."

Tietysti Marlene oli auktoriteetti tässä. Hän työskenteli treffisivustolla ja oli ammattimainen matchmaker. Hän oli myös parisuhdeterapeutti ja avioliittoneuvoja.

Huolimatta siitä, kuinka epäilyttävältä Marlenen ura tuntui Lesleylle, ei ollut epäilystäkään sen tehokkuudesta. Marlenella oli hyvä maine ihmisten yhdistämisenä ja vaikeiden suhteiden toimijana. Suuressa kaupungissa, jossa he asuivat, ihmiset olivat enemmän kuin valmiita maksamaan Marlenelle suuria summia hänen ohjauksestaan.

"Tässä vaiheessa on vaikea saada mitään hyvää Robille", Lesley valitti. "Hän on huomaamaton ihminen ja hänellä on jo kaikki mitä haluaa."

"Tee sitten jotain erityistä. Valmista hänelle iso ateria. Järjestä hänelle yllätysjuhlat. Mitä tahansa."

"Valitettavasti Rob on paljon parempi kokki kuin minä. Ja hän vihaa yllätysjuhlia. Hänen mielestään ne ovat lapsellisia."

"Hyvä seksi toimii aina", Marlene sanoi vitsailevasti ja siemaili kahviaan. "Miehet arvostavat aina hyvää suihinottoa aina kun mahdollista."

Lesley punastui: "Jumala, pidä se alas, vai mitä?"

"Katso, sanon vain, että 5 vuotta on iso juttu. Varsinkin näinä päivinä. Haluat ehkä ajatella jotain erityistä."

"Hyvä on."

"Olen aina oikeassa", Marlene vilkutti.

LUKU II

Ohje sinänsä ei ollut huono. Lesley ajatteli sitä matkalla kotiin. Kun hän riisuutui makuuhuoneeseensa, hän tajusi, kuinka onnekas nainen hän oli.

Olin naimisissa hienon miehen kanssa, minulla oli loistava työ ja minulla oli upea ystäväryhmä, johon luottaa. 33-vuotiaana hän voi hyvin.

Mutta mitä hän aikoi saada Robille heidän viidentenä vuosipäivänä? Hänellä oli jo kaikki mitä halusi. Hän ei ollut nirso kaveri. Se oli maultaan yksinkertainen. Hän työskenteli vakuutusmyyjänä ja vapaa-ajallaan nautti urheilusta ja ystäviensä kanssa hengailusta. Se oli siinä.

Yleensä Lesley rakasti sitä, että hän oli niin vaatimaton, koska se antoi hänelle enemmän aikaa keskittyä tarpeisiinsa.

Nyt hän halusi enemmän kuin koskaan tehdä asioita hänen puolestaan. Hän halusi miellyttää häntä. Ja hän oli päättänyt tehdä heidän avioliitostaan kestävän.

Hän katsoi itseään makuuhuoneen peilistä. Hän oli edelleen hyvässä kunnossa. Hän oli urheilija lukiossa ja yliopistossa, mutta koska hänestä tuli toimistotyöntekijä, hänen oli vaikeampaa säilyttää sama muoto. Hän oli lihonut muutaman kilon lantionsa ja reisiensä ympäriltä. Useimmat ihmiset eivät olisi huomanneet, mutta hän oli aina tietoinen ulkonäöstään ja seurasi jokaista kehonsa tekemistä.

On aika vähentää hiilihydraatteja, hän ajatteli.

Muuten näytti hienolta.

Hän pukeutui mukaviin, rentoihin kotivaatteisiinsa: verkkarit ja ylisuuri T-paita. Suuren vuosipäivän lähestyessä oli aika olla hyvä kotiäiti ja valmistaa illallinen.

LUKU III

Työ oli mielenkiintoinen seuraavana päivänä. Lesley työskenteli keskikokoisessa mainostoimistossa, jossa hän pystyi tekemään työtä, jota hän rakasti. Hän rakasti yhteistyötä kollegoidensa kanssa ja luovuutta.

Mutta mielessään hän saattoi ajatella vain heidän tulevaa vuosipäivää ja keskustelua, jonka hän oli käynyt Marlenen kanssa.

Kun kaikki toimistossa oli käynnissä, Lesley käytti tauonsa hyväkseen mennäkseen kylpyhuoneeseen ja soittaakseen parhaalle ystävälleen. Ilmainen parisuhdeneuvonta oli aina tervetullutta.

Loppujen lopuksi, jos Lesley oli oikeassa, hän tiesi, että Robin on täytynyt suunnitella jotain erityistä omaa. Oli helppo tehdä jotain erityistä Lesleylle. Hänellä oli monia asioita, joista hän nautti, mukaan lukien yllätysjuhlat, hienot illalliset ja tietysti kalliit korut.

Vuosipäivälahjat olivat jotain, jota Rob ei koskaan unohtanut. Joka vuosi hän varmisti antaa hänelle jotain erittäin mukavaa. Joka vuosi hän onnistui aina ylittämään edellisen vuoden lahjan, minkä vuoksi Lesleyn oli keksittävä jotain hyvin erikoista.

Hän meni kylpyhuoneeseen ja soitti pikavalintaansa käyttämällä. Onneksi Marlenella oli myös vapaa-aikaa ja he juttelivat lyhyesti ennen kuin menivät suoraan asiaan.

"Luulen, että olet oikeassa", Lesley sanoi istuessaan kylpyhuoneessa puhelin kädessään. "Jotain romanttista on luultavasti paras idea."

"Nyt saat sen. Hyvä sinulle."

"Ongelma on, että minulla ei ole ideoita."

"Entä seksikkäät asut? Tiedätkö, alusvaatteet, läpinäkyvät rintaliivit ja pikkuhousut, sellaset."

"Rob ei pitäisi siitä", Lesley vastasi. "Joka kerta kun ostan jotain seksikästä, hän haluaa minun ottavan sen pois mahdollisimman nopeasti. Hän vain pitää alastomuudesta."

"Entä roolipelaaminen? Kuumia skenaarioita on paljon."

"Liian tahmeaa."

"Suuseksiä?" Marlene kysyi. "Missä olet sen kanssa?"

"Ei siellä ole ongelmia."

"Nieletkö sinä?"

"Se on käytännössä tapa", Lesley vastasi hämmentyneenä. "Siinä piilee hankaus, näyttää siltä, että olemme peittäneet kaikki perusteet."

"Entä anaaliseksiä?"

Kysymys pysäytti Lesleyn. Hän oli hetken järkyttynyt ja lievässä epäuskossa. anaaliseksiä? Oliko se todella vastaus? Marlene oli asiantuntija ja hän otti asian esille syystä.

"Emme ole koskaan tehneet niin", Lesley vastasi.

Lesleyn vastauksessa on täytynyt olla jotain, koska hänen äänensävy kiinnitti Marlenen huomion.

Loppujen lopuksi Marlene oli nainen, joka oli erikoistunut treffailuun, suhteisiin ja seksiin. Hän teki siitä menestyksekkään uran, johon monet eivät pysty.

"Oletko koskaan kokeillut anaalia ennen?" Marlene kysyi vihjailevalla äänellä. "Tarkoitan, ilman Robia. Oletko tehnyt sen aiempien kumppaneiden kanssa aiemmin?"

Parhaina ystävinä Lesley ja Marlene ovat tietysti keskustelleet seksielämästään ennenkin, mutta eivät koskaan näin yksityiskohtaisesti. Yksityiskohtien taso alkoi tehdä Lesleystä epämukavaksi, mutta hän ei voinut valittaa. Loppujen lopuksi hän oli se, joka pyysi ilmaisia neuvoja.

"En ole koskaan ennen harrastanut anaaliseksiä."

"Ei edes sormea?"

"Minulla on ollut sormi", Lesley myönsi. "Ei mitään muuta ."

"Todella milloin ?"

"Joku kaveri, jonka seurustelin lyhyesti yliopistossa?"

Marlene oli kiinnostunut. "Oikeasti, yliopisto? Kuka se oli? Mark? Dave?"

"Se ei ole tärkeää juuri nyt", Lesley vastasi pudistaen päätään. "Tärkeintä on Rob ja minä."

"Luulen, että olemme löytäneet vastauksesi."

"Anaaliseksiä?"

"Joo."

"Seksiä perseessäni?" Lesley pyysi uudelleen vahvistusta.

"Se on pitkälti sama asia."

"Ja miten sen pitäisi toimia vuosipäivänämme? Pitäisikö minun avata perseeni ja sanoa hänelle, että on aika naida?"

"Se on hyvä alku."

"Olin sarkastinen", Lesley huokaisi.

"No, se oli kuitenkin hyvä idea."

"Olen tosissani, Marlene."

"Minä myös. Tämän ei tarvitse olla rakettitiedettä. Miehet rakastavat seksiä. Joskus se on niin yksinkertaista. Pue päälle seksikkäitä alusvaatteita, anna hänelle kuuma suihin ja tarjoa hänelle anaalineitsyytesi. Takaan, että Rob rakastuu kaikkiin uudestaan." Helvetti, hän saattaa jopa mennä naimisiin kanssasi uudelleen."

Lesley oli hetken hiljaa. Hänen paras ystävänsä oli oikeassa, vaikka hän näyttikin ilkeältä.

"Ajattelen sitä", Lesley sanoi.

"On jotain, jota et ole vielä kertonut minulle."

"Mikä tuo on?"

"Onko Rob koskaan pyytänyt anaaliseksiä?"

"Ei koskaan", Lesley vastasi.

"Luuletko, että hän haluaa sen? Tarkoitan, onko hän koskaan hieronut takapuoltasi? Imarteleeko hän peppuasi? Tuijottaako hän peppuasi ?"

"Kyllä, kaikille ylläoleville. Luuletko, että se on merkki siitä, että hän haluaa salaa anaaliseksiä kanssani?"

"Voi olla", Marlene sanoi. "Ehkä hän haluaa sen, mutta hän on liian ujo pyytääkseen sitä."

"En tiedä. Jos Rob olisi halunnut anaaliseksiä, hän olisi pyytänyt sitä."

"Ehkä hän ei halua pelotella sinua. Tai hän pelkää, että luulet hänen olevan jonkinlainen perverssi."

Lesley nyökkäsi. "Voi olla."

Nyt viimeinen kysymys, jota et myöskään maininnut.

"Mikä tuo on?"

"Oletko koskaan fantasioinut anaaliseksistä ennen?"

Jumalauta, se oli hyvä kysymys. Sellaisen, johon Lesley tiesi vastauksen välittömästi, vaikka hän oli hieman nolostunut keskustelemaan siitä jopa kaikkien ihmisten parhaan ystävänsä kanssa.

"Tietenkin", Lesley myönsi. "Ei äskettäin. Mutta se on käynyt mielessäni. Luulen, että se on käynyt jokaisen tytön päässä jossain vaiheessa."

"Mikä sitten on estänyt sinua kaikki nämä vuodet?"

"Mitä mieltä sinä olet?"

"Kerro minulle."

"Se ei ole monimutkaista", Lesley vastasi. "Suoraan sanottuna munat ovat isoja, mutta peput pieniä. Minun tapauksessani pieniä. Se on niin yksinkertaista. Siksi ryhdyin syöksylle. En ole kumi. Olen ihminen."

"Rakas, monet naiset harrastavat nykyään anaaliseksiä. Ja monet naiset nauttivat siitä, paljon."

"Sinut mukaanlukien?"

"Ehdottomasti minä".

Lesley hymyili: "Luulen."

"Koska?"

"Vaikutat anaalityypiltä. Ei millään pahalla."

"Ei millään pahalla", Marlene vastasi. "Kipu on orgasmin arvoista."

"Tuntuuko se todella niin hyvältä?"

"Voisin kertoa sinulle. Tai voisit kokea sen itse, vuosipäivänäsi Robin kanssa."

Lesley pysähtyi hetkeksi. "Mistä tiedän, sopiiko tämä minulle?"
On vain yksi tapa saada selville: kysy häneltä.

LUKU IV

Sinä yönä. Kun heidän vuosipäivänsä oli vain muutaman päivän päässä, Lesley teki kaikkensa ollakseen täydellinen vaimo.

Hänellä oli yllään kaunis mekko ja hän teki illallisen netistä oppimansa reseptin mukaan. Tietenkään ateria ei onnistunut kovin hyvin, mutta hän ainakin yritti.

Rentouduttuaan sohvalla television ääressä, oli vihdoin aika mennä nukkumaan.

He suutelivat intohimoisesti ja Lesley avasi mekkonsa takaosan. Kun he valmistautuivat rakastelemaan, anaaliseksin aihe oli jatkuvasti hänen mielessään. Se oli kaikki mitä hän saattoi ajatella, kun he suutelivat.

Hän ei halunnut pilata yllätystä, mutta ei myöskään voinut sille mitään. Minun piti vain tietää, oliko Robin mielestä hyvä idea vai ei. Pahin skenaario olisi tarjota hänelle anaaliseksiä heidän vuosipäivän iltanaan, jotta hän suuttuisi. Silloin olisi liian myöhäistä. Yö olisi pilalla.

Joten minun oli nyt kysyttävä. Hän lopetti suudelman ja katsoi miestään suoraan silmiin.

"Olen ajatellut", hän sanoi. "Viides vuosipäivämme on tulossa, kuten luultavasti jo tiesitkin."

"Kuinka voisin unohtaa?"

"Miksi ei sitten tehdä jotain erityistä?"

Rob hymyili: "Onko mielessäsi jotain?"

Se oli totuuden hetki, ja hän yritti vaikuttaa mahdollisimman itsevarmalta, kun hän teki ehdotuksen.

"Haluatko kokeilla anaaliseksiä meidän vuosipäiväyönä?"

Hänen silmänsä olivat kiinnittyneet miehensä kasvoihin odottaen mitä tahansa merkkejä reaktiosta, jotta hän voisi analysoida sitä. Halusin tietää kaikki hänen ajatuksensa ja hänen avoimuutensa uudelle seksuaaliselle seikkailulle.

Tosiaankin, Robin kasvoissa tapahtuneiden hienovaraisten muutosten ansiosta näytti siltä, että hän oli kiinnostunut ajatuksesta, ja Lesley tunsi oudon helpotuksen tunteen, ikään kuin hän olisi löytänyt täydellisen lahjan heidän vuosipäiväänsä.

"Anaali vai? Kuulostaa mielenkiintoiselta. Oletko tehnyt tämän ennen?"

Hän pudisti päätään. "Ei, en ole koskaan tehnyt niin".

"Onko tämä ollut jotain, jota olet halunnut jo jonkin aikaa?"

"Pitkä tarina", hän vastasi. "Mutta jotain sellaista."

Hän jatkoi hymyilyä: "Miksi odottaa? Näytät kauniilta tuossa punaisessa mekossa ja olemme molemmat hyvällä tuulella. Miksi emme tekisi sitä nyt?"

"Nyt?"

Vittu, hän ajatteli.

En ollut henkisesti enkä fyysisesti valmistautunut. Mutta mikä on ongelma? Jos Marlene teki sen niin helposti, niin Lesleykin pystyi. Kuten Marlene mainitsi, monet naiset tekevät niin nykyään.

Oli aika lakata olemasta pelkuri ja lopulta menettää anaalineitsyytensä.

"Haen vaseliinia", hän sanoi itseuhosesti .

"Oletko varma, että haluat tehdä tämän? Näytät niin... levottomalta."

"Olen kunnossa. Luota minuun, olen kunnossa."

Hän hieroi olkapäitään. "Minulle sopii, tiedätkö, säännöllinen seksi. Meidän ei tarvitse tehdä tätä, jos et tunne olosi mukavaksi."

Lesley astui taaksepäin ja pudotti punaisen mekkonsa lattialle.

"Olen tosissani. Olen kunnossa."

Hän oli melkein robottitilassa, kun hän nappasi läheltä pienen vaseliinisäiliön ja ojensi sen miehelleen. Sitten hän pudotti housunsa ja kumartui sängyn yli.

Tunnelma tuntui yhtäkkiä kylmältä ja epäromanttisena, kuin hän olisi lääkärin vastaanotolla valmistautumassa eturauhastutkimukseen.

Kun hän odotti vääntyneessä asennossa, hän tajusi, että hänen miehensä on täytynyt olla hämmästynyt epämukavuudesta ja että hän oli unohtanut olla viettelevä heidän ensimmäisessä anaaliseikkailussaan.

Mutta sillä ei ollut enää väliä. Robilla oli voiteluaine. Ja hänen paljas pohjansa työntyi ulos, valmis käytettäväksi.

Vaseliinikannen avautumisen ääni sai hänet hermostuneemmaksi kuin hän odotti. Syvällä sisimmässään hän tunsi samat hermot kuin menettessään neitsyytensä. Ja monella tapaa se oli sama. Hän oli menettämässä neitsyytensä uudelleen, paitsi tällä kertaa, se oli hänen takapuolensa.

Järistys juoksi pitkin hänen selkärankaa, kun hän tunsi Robin vaseliinilla peitetyn etusormen työntyvän hänen perseeseensä.

"Vai niin!" hän huokaisi.

Robin sormi siirtyi välittömästi pois hänen takaa.

"Oletko kunnossa?"

"Voin hyvin."

"Haluatko mennä eteenpäin?" kysyi.

" Tietysti".

Rob yritti uudelleen, tällä kertaa hieman lempeämmin. Hän työnsi etusormensa takaisin takaosaan, ja se oli epämukavin seksuaalinen tunne, jonka Lesley oli koskaan tuntenut.

Oli niin luonnotonta ja epämiellyttävää saada voideltu sormi hänen pohjaansa. Mikä pahempaa, se tuntui epäseksikkäältä.

Kun Rob työnsi sormensa kokonaan sisään, Lesleyn varpaat käpristyivät irti mattolattiasta ja hänen vartalonsa jännittyi.

"Ota se pois", hän käski.

Rob veti sormensa ulos ja katsoi vaimolleen huolestuneen katseen, kun tämä suoriutui.

"Se oli luultavasti huono idea", hän sanoi.

"Ei, se on kunnollinen idea. En vain ole valmis siihen juuri nyt. Siinä kaikki. Voimme yrittää uudelleen myöhemmin vuosipäivän iltana."

Rob näytti hämmentyneeltä. "Haluatko yrittää uudelleen?"

"Miksi et pidä siitä?"

"En tiedä. Emme ole edes. Mutta näytit niin epämukavalta, kun sormeni oli perseessäsi."

Jostain syystä se vain teki Lesleystä päättäväisemmän harrastaa anaaliseksiä miehensä kanssa. Ehkä se johtui siitä, että se olisi ensimmäinen kerta molemmille. Se olisi kuin menettäisit neitsyyden yhdessä. Hänen munansa hänen perseeseensä. Mikä romanttinen ajatus, hyvin oudolla tavalla.

"Sitten asia on ratkaistu", hän hymyili. "Anaaliseksiä meidän vuosipäiväyönä."

"Olen tosissani, Lesly, meidän ei tarvitse tehdä tätä."

"Ja olen myös tosissani. Teemme tätä. Tarvitsen vain vähän enemmän aikaa. Sillä välin rakastetaan oikealla tavalla."

He halasivat ja suutelivat.

Lesley oli pettynyt itseensä, koska hän ei voinut jatkaa eteenpäin. Hän piti itseään vahvana naisena ammatillisella kutsumuksella, joka voi voittaa minkä tahansa esteen, mutta anaali? Se oli jotain hänen valtakuntaansa kuulumatonta.

Hän ei todellakaan halunnut luottaa Robiin, koska se voi olla vaarallista. Hän ei voinut millään luottaa herkkää pikku kusipäänsä kokemattomalle miehelle, jolla oli puoliiso muna . Se ei tullut kysymykseen.

Ei. Hän tarvitsi asiantuntijan. Joku, joka tiesi mitä tehdä tällaisessa kriittisessä tilanteessa.

Onneksi tiesin kenelle soittaa.

SEKSIKSI ASIANTUNTIJA PARAS YSTÄVÄ

LUKU V

Seuraavana päivänä toimistossa Lesleyn mielen valtasi hänen seksielämänsä. Ainoa mitä ajattelin oli seksi. Ja jos hän todella selviäisi siitä, että hänet viedään perseeseen.

Työpöytänsä ääressä hän lähetti tekstiviestin seksuaalisesti taitavalle parhaalle ystävälleen. Kun Marlene sai vapaasti jutella puhelimessa, Lesley suuntasi vessaan hetkeksi viettämään yksityisyyttä.

Soitettuaan puhelun ja istuttuaan wc-istuimella Lesley selvitti kaikki yksityiskohdat. Hän kertoi Marlenelle lyhyestä keskustelusta Robin kanssa, hänen asenteestaan ja sormesta, jonka hän ojensi hänen takapuolensa. Hän kertoi Marlenelle kaikki tunteensa henkilökohtaisista asioista.

"En ymmärrä, kuinka tavallinen nainen voi käsitellä sitä?" Lesley ihmetteli.

"Tämä on vuosi 2022, kulta, monet naiset ovat sellaisia."

"Olen varma, että se vain miellyttää poikaa."

"Odota", Marlene sanoi. "Anna minun lähettää sinulle linkki. Tarkista se ja soita minulle."

"Onko se pornoa?" Lesley kysyi tietäen parhaan ystävänsä.

"Itse asiassa se on."

"Aiotko laittaa viruksen puhelimeeni tai jotain?"

"Epäilyttää. Katson sitä sivustoa koko ajan puhelimellani, kun minun pitäisi olla töissä, ja puhelimeni on kunnossa."

Lesley huokaisi: "Lähetä se."

"Soita minulle, kun olet etsinyt."

Lesley odotti linkkiä. Oli tylsää ja yksinäistä istua kylpyhuoneessa odottamassa pornolinkkiä. Se oli surullinen heijastus hänen henkilökohtaisen elämänsä tilasta.

Lopulta saapui kolme linkkiä.

Lesley avasi ensimmäisen, joka oli linkki pornosivustolle. Video oli lyhyt ammattimaisesti tehty leike, joka näytti naisen saamassa peräaukkoaan perseestä valtavan kukon toimesta. Hän kelasi eteenpäin, näki vain pääosat.

Toisessa videossa oli sama sisältö.

Kolmas video oli hyvin samanlainen.

Hän tunsi olonsa hieman nolostuneeksi istuessaan kylpyhuonekaapissa, toimistoasussaan ja katsoessaan pornoa puhelimellaan, kun hänen piti tehdä töitä. Hän valitti ennen, kun miehet tekivät niin, nyt hän teki samoin. Ainakin hänellä oli siihen oikeutettu syy, hän ajatteli.

Selattuaan nuo pornoleikkeet, hän soitti Marlenelle uudelleen.

"Sitä sinä luulit?" Marlene kysyi vastatessaan puheluun.

"Tarkoitan normaaleja naisia. Nämä ovat pornotähtiä."

"Mikä on ero?"

"Pornotähdet ovat näyttelijöitä", Lesley selitti. "He on tehty seksiä varten. Siinä kaikki, mitä he tekevät. Ja he voivat viettää koko päivän kuntoutumiseen ja seksiin valmistautumiseen. Olen toimistotyöntekijä. Se on erilaista."

"Okei. Odota. Soita minulle muutaman minuutin kuluttua. Anna minun näyttää sinulle ensin jotain muuta."

"Odota odota..."

Puhelu päättyi ja Lesley huokaisi. Hän odotti kärsivällisesti, ja lopulta saapui kaksi linkkiä Marlenelta.

Lesley napsauttaa ensimmäistä. Se oli samalta pornosivustolta, paitsi tällä kertaa siinä oli tavallinen pariskunta pornotähtien sijaan. Lesley näki, kuinka yksinkertaisen näköinen kotiäiti sai anaaliseksiä makuuhuoneessaan mieheltä, oletettavasti hänen aviomieheltään.

Seuraava video oli samanlainen. Siinä oli tavallisen näköinen (hieman nörtti) yliopisto-opiskelija, joka sai anaaliorgasmin yliopiston jalkapallojoukkueeseen kuuluvan kaverin ansiosta.

Porno ei ollut Lesleylle vieras. Hän on katsonut softcore -materiaalia kaapelilla miehensä kanssa. Ajoittain he katsoivat hardcore-pornoa pyynnöstä piristääkseen seksielämäänsä.

Mutta en ollut koskaan ennen nähnyt amatööripornoa. Oli outoa nähdä "normaalit" ihmiset vittuilemassa. Se oli kuin olisi ollut tirkistelijä seksielämässään. Oli vielä surrealistisempaa katsoa videoita noista "normaaleista" naisista, jotka harrastavat anaaliseksiä ja rakastavat sitä täysin.

Lesley ymmärsi videoiden pointin ja soitti ystävälleen takaisin.

"Okei, ymmärrän sen", Lesley sanoi. "Normaalit naisetkin voivat tehdä sen."

"Ja sinä olet tavallinen nainen, eikö niin?"

"Viime kerralla kun tarkistin."

"Miksi et sitten voi tehdä sitä?"

Lesley huokaisi: "Minulla ei ole aavistustakaan."

"Anteeksi, että kuulostan holhoavalta nartulta. Rehellisesti sanottuna, tässä vaiheessa Rob on luultavasti oikeassa. Ehkä kokeilla jotain muuta? Kysy häneltä, onko hänellä muita fetissejä. Jotain täytyy olla."

"Pysyn mieluummin koko anaalijutussa."

Marlenen suhteen tunne iski. "Todellakin. Miksi niin? Nyt olen alkanut ajatella, että osa teistä todella odottaa tätä innolla, vaikka kuinka yrittäisit taistella sitä vastaan."

"Luulen, että se on kuuma. Luulen, että myös Robin mielestä se on kuuma. Ja suoraan sanottuna, olen hieman utelias. Olen aina ollut hieman utelias. Se on ainoa kehoni osa, jota en ole tutkinut seksuaalisesti. Joten se olisi on mukava nähdä, mistä meteli johtuu."

"Näyttää siltä, että meillä on tärkeä tehtävä edessämme."

"Oletko siis valmis auttamaan?"

"Tietenkin olen", Marlene vastasi. "Minä en koskaan tule kaipaamaan tätä."

"Onko ideoita mitä tehdä?"

"Itse asiassa minulla on paljon ideoita. En ole koskaan kertonut sinulle tätä, mutta olen myös seksiterapeutti antamieni pariskuntien lisäksi."

"Nyt ei ole vitsien aika."

"Olen erittäin tosissani", Marlene sanoi kiistatta lujasti.

Se riitti vakuuttamaan Lesley. "Okei, miten aloitamme, olettaen, että saan käyttää seksivinkkejäsi ilmaiseksi?"

"Minun maksuni on nähdä, että sinulla on voimakas anaaliorgasmi. Toisin sanoen minun täytyy olla paikalla ja osallistua, okei?"

"Haluatko leikkiä perseelläni?" Lesley kysyi epäuskoisena.

"Ööh."

"Onko tämä jonkinlainen lesbojuttu? Vai perustuuko se puhtaasti vuosien ystävyyteemme?"

"Molemmat."

Lesleyn kulmakarvat kohosivat. "Okei, tämä ei ole ollenkaan outoa."

"Tämä koskee sinua, okei? Haluatko apuani vai et?"

Lesley veti henkeä. "Haluatko."

"Mennään sitten suoraan asiaan, eikö niin?"

"Hyvin. Miten sinä normaalisti jatkaisit tässä? Tarkoitan, jos olisin asiakas, täysin tuntematon, mitä tekisit minulle?"

"Se riippuu siitä, mitä sallitte", Marlene vastasi. "Ehkä tapaisin sinut yksitellen peräaukon pikakurssilla. Tai ehkä tekisin pariskunnille, jossa auttaisin miestäsi saamaan perseensä."

"Sinä, Rob ja minä, samaan aikaan? Kolmikko?"

"Se on varteenotettava vaihtoehto."

"Toimiiko se normaalisti?" Lesley kysyi.

"Aina. Mutta arvioin huolellisesti. Sen on oltava oikea kumppani. Vain ihmiset, jotka ovat seksuaalisesti varmoja itsestään ja suhteestaan. Loppujen lopuksi seksuaaliterapeuttina ja -neuvojana viimeinen asia, jonka haluan tehdä, on ajaa kiila pari Kateus on erittäin vaarallinen asia.

"Mielenkiintoista."

"Ajatuksia tähän mennessä?"

"Rob on aina vitsailenut kolmiosta. Lisäksi tiedän, että hänen mielestään olet todella kaunis."

"Minä kallistun kohti kolmikkoa näkemästäni", Marlene sanoi vitsailevasti.

"Vähän niin kuin."

"Jos se saa sinut tuntemaan olosi paremmaksi, se ei ole teknisesti kolmikko. Muista, että olisin avustajan roolissa. Se tarkoittaa, että valmistaisin perseesi tunkeutumiseen ja Rob hoitaisi loput."

"Se kuulostaa itse asiassa aika kuumalta."

"Ai niin", Marlene vastasi.

"Haluaisitko todella tehdä jotain Robin kanssa?"

"En naida häntä, jos sitä pelkäät."

"No mitä ?" Lesley kysyi.

"Kuten sanoin, valmistelen persettäsi. Voitelen sinut ja aloitan kevyellä venytyksellä. Sitten suoraan sanottuna Rob naittaa sinut heti sen jälkeen."

"Kuulostaa... no... seikkailunhaluiselta."

"On", Marlene myönsi. "Mutta minun on ehkä kosketettava Robia hieman, jos minun on pakko. Ohjaan hänen peniksensä perseeseesi varmistaakseni, ettei se ole liian kipeä. Anaaliläpäisy vaatii täysin erektioisen peniksen, joten jos se ei ole tarpeeksi pystyssä, saatan täytyy stimuloida sitä jotenkin. Todennäköisesti suullani."

"Joten aiot antaa miehelleni suihin?"

"Vain jos se on välttämätöntä".

"Se on rauhoittavaa."

"Hei, soitit minulle. Älä unohda. Autan sinua ainoalla tavalla, jolla tiedän miten. Ammattihistoriani perusteella teen tässä melko hyvää työtä."

Lesley huokaisi: "Kiitos todella. Tarkoitan sitä, olet paras."

"Älä kiitä minua vielä. Voit kiittää minua ensimmäisen anaaliorgasmisi jälkeen."

"Tämä kaikki kuulostaa täydelliseltä vuosipäivän seksuaaliselta kokemukselta. Mutta myönnän, se on hyvin pelottavaa."

"Se on aina. Eikä se ole kaikille."

"Haluaisin kokeilla sitä", Lesley sanoi. "Olen kiinnostunut. Olen todella."

"Sinun täytyy olla ehdottoman positiivinen, tai muuten emme voi jatkaa eteenpäin. Ystävyytemme on liian tärkeä. En koskaan haluaisi pilata avioliittoasi."

"Sitten minun täytyy kysyä Robilta ja katsoa, mitä hän ajattelee asiasta."

Marlene nauroi: "Mitä Rob aikoo sanoa? Ei? Tietysti hän pärjää tämän kanssa. Hän ei naida minua. Hän naida sinua."

"Totta, mutta silti minun on parempi soittaa hänelle ja katsoa mitä hän ajattelee."

"Minulla on parempi idea."

"Kumpi se on?"

"Soitan Robille", Marlene sanoi. "Haluan selvittää asiat hänen kanssaan, niin se on kuin yllätys sinulle. En halua sinun jatkuvan stressaavan tästä. Anaaliseksin ensimmäinen sääntö on rentoutua. Ja siihen sisältyy henkinen rentoutuminen. " ."

"Se on järkevää. Joten, aiotteko soittaa hänelle nyt?"

"Kyllä, ja tarvitsen sinulta vielä yhden asian."

"Mikä tuo on?"

"Tarvitsen kuvan työstäni", Marlene sanoi. "Lähetä minulle kuva paljaasta pohjastasi ja selkeä kuva perseestäsi. Juuri nyt."

"Haluatko, että aloitan seksin töissä?"

"Se ei ole seksiä", Marlene väitti. "Se on ennakkovalmistelua tärkeään ja herkkään lääketieteelliseen toimenpiteeseen, joka koskee parisuhdeterveyttä ja seksuaalista hyvinvointia."

"Marlene, se on seksiä."

"Kutsu sitä miksi haluat. Tarvitsen niitä valokuvia päättääkseni, miten peräaukon prosessia jatketaan."

"Toisin sanoen haluat tietää, kuinka pieni peräaukoni on", Lesley selvensi vitsailevasti.

"Tarkalleen."

"Hyvä", Lesley huokaisi. "Lähetän sen hetken kuluttua."

"Täydellistä. Sillä välin soitan Robille selvittääkseni yksityiskohdat. Minulla on hyvä tunne tästä."

"Minä myös. Tämä on ylivoimaisesti kinkkisin, hulluin asia, jonka olen koskaan tehnyt, mutta jostain syystä uskon, että se toimii."

"Se johtuu siitä, että olen asiantuntija tässä", Marlene vakuutti.

Kaksi ystävää sanoivat erosanansa ja puhelu päättyi.

Lesley nousi wc-istuimelta ja katsoi pitkään peiliin. Hän ei ollut koskaan aiemmin ottanut alastonkuvia, mutta jos siihen koskaan oli hyvä syy, se oli se.

Hän riisui toimistohameensa ja pikkuhousunsa ja asetti ne tiskille. Hän seisoi yksin napitettavassa puserossaan ja kengissään. Hän oli alasti vyötäröstä alaspäin. Muodista puhuen, se oli erittäin outo yhdistelmä näyttää tältä, varsinkin kaikkien paikkojen toimistokylpyhuoneessa.

Kääntyään ympäri, hänen peppunsa oli peiliin päin, ja hän osoitti myös puhelimen kameransa peiliin. Hän otti tilannekuvan takapuolen heijastuksestaan, ja se oli virallisesti ensimmäinen hänen koskaan ottamansa alastonkuva.

Sitten tuli epämukavin kuva. Hän ajatteli, kuinka hän aikoi ottaa kuvan peräaukkostaan, ja sitten hän keksi ratkaisun. Hän kyyristyi ja laittoi puhelimen jalkojensa väliin, vartalonsa alle. Kun hän oli oikeassa asennossa, hän otti tilannekuvan.

Hän nousi seisomaan ja katsoi peräaukkonsa kuvaa. Se oli ensimmäinen kerta, kun hän näki hänet niin selvästi. Hän pani merkille hänen vaaleanruskean värin, peräaukon muodon ja linjat. Hän näytti ehdottomasti pieneltä, ja Robin kukkon ottaminen sinne oli haaste. Onneksi Marlene tiesi mitä tehdä.

Lesley lähetti selkeät kuvat Marlenelle, ja yhtäkkiä tilanne meni aivan uudelle tasolle.

LUKU VI

Sinä iltana, kun Lesley ja hänen miehensä käpertyivät television edessä, hän saattoi ajatella vain sitä anaalivittua, jonka hän pian saisi, ja kuinka Rob siitä ajatteli.

pelin kaiken toiminnan kanssa / Thrones , joka on Robin suosikki-TV-ohjelma, Lesley kysyi itseltään samoja asioita. Varsinkin kun Rob ja Marlene eivät olleet maininneet mitään. Lesley ihmetteli, oliko Marlene soittanut Robille vai ei. Oli vain yksi tapa selvittää.

"Soittiko Marlene sinulle tänään?"

"Kyllä", Rob sanoi epätavallisen ujolla äänellä.

"JA?"

"Ja luulen, että olet erityisen herkullinen", hän sanoi kevyesti hymyillen, jota hän selvästi yritti hillitä.

Lesley oli puoliksi vihainen, että hänet jätettiin epäselväksi oman peppunsa lopputuloksesta. Hän tarvitsi vastauksia, ja oli selvää, etteivät Rob tai Marlene antaisi niitä.

"Voitko ainakin antaa minulle esikatselun? Mitä minun pitäisi odottaa?"

"Lupasin, etten kerro."

"Oletko aivan varma siitä?" Lesley sanoi liian viettelevällä äänellä, ikään kuin se toimisi.

"Olen ehdottoman positiivinen."

Lesley teki jälleen seksikkään äänen. "Ole kiltti kulta? Teen sen kielelläni. Sinun tarvitsee vain antaa minulle vihje."

"Voin odottaa", hän hymyili. "Luota minuun tässä. Marlenella on meille jotain erityistä."

"Luulet?" Lesley vastasi normaalilla äänellään.

"Uskon niin. Hän antoi minulle useita vinkkejä puhelimitse. Ja hän kertoi minulle, mitä hän aikoo tehdä kanssasi. Uskon rehellisesti, että tämä lisää jotain erityistä seksielämäämme. Jotain, mitä emme ole koskaan ennen tehneet."

Se oli vähintäänkin kiehtovaa. Syvällä sisimmässään iski hieman mustasukkaisuutta.

"Aiotko naida häntäkin?" Lesley kysyi pehmeällä naisellisella äänellä.

Hän taputti hänen reisiään. "Ei tietenkään. Älä ole hölmö."

"Mikä on siis se suuri salaisuus?"

"Sinä saat tietää pian", hän vastasi ja osoitti sitten televisiota. "Sinulta puuttuu parhaat osat."

Tämän jälkeen Rob käänsi huomionsa takaisin televisioon. Samaan aikaan Lesley piti henkisen keskittymisensä pian kipeään pakkaukseensa.

FIRST S TIMES

LUKU VII

Oli lauantaiaamu, joten kummankaan ei tarvinnut mennä töihin.

Lesley noudatti ohjeita, jotka Marlene oli lähettänyt hänelle sähköpostitse edellisenä iltana. Ohjeet koskivat lähinnä siisteyttä ja kauneutta.

Hän otti mukavan pitkän saippuasuihkun. Erityistä huomiota kiinnitettiin hänen peräaukon ja peräsuolen puhdistamiseen. Lesley noudatti erityisiä ohjeita suihkussa. Itse asiassa hän teki sen kahdesti ollakseen varma.

Suihkun jälkeen Lesley istui meikkipeilinsä edessä kauneustuotteiden valikoiman kanssa. Hän käytti aikaa saadakseen itsensä näyttämään halutummalta kuin hän jo oli. Hänen hiuksissaan painotettiin yhtä paljon.

Kun hän lopetti, ammattimainen toimistotyöntekijä oli poissa. Se oli uusi Lesley, ystävällinen anaaliseksille. Ja hän näytti yhtä kauniilta kuin koskaan.

Hän viimeisteli lookinsa yhteensopivilla valkoisilla rintaliiveillä ja pikkuhousuilla, joita seurasi valkoinen negligee.

Kaikki, mitä hän teki, oli Marlenen sähköpostin neuvojen mukaista.

Siitä puheen ollen, ovikello soi. Klo 10, juuri ajoissa.

Lesley ja Rob menivät yhdessä avaamaan etuoven. Siellä oli Marlene, seksuaalisesti valistunut suhdeterapeutti, jolla oli näppärä kampaus ja kaksi ostoskassia.

Marlene poimi laukut ja hymyili: "Olemmeko valmiita lähtemään?"

Yhtäkkiä tavalliselta lauantaiaamuna vaikutti jostain erikoisesta.

LUKU VIII

Pariskunta odotti innokkaasti makuuhuoneessaan, kun Marlene valmistautui kylpyhuoneeseen. Yksi Marlenen tuomista laukuista oli hänen erikoisasuaan varten. Loppujen lopuksi hän ei voinut mennä ulos julkisesti pukeutuneena kuin hän olisi valmis anaalikohtaamiseen.

Mutta se herätti kysymyksen, mitä toisessa pussissa oli? He saisivat pian tietää.

Kun kylpyhuoneen ovi avautui, sekä Lesley että Rob olivat järkyttyneitä nähdessään Marlenen muodonmuutoksen.

Marlenen arkivaatteet olivat poissa. Sen sijaan hän oli paljain jaloin punaisessa negligeissä, joka oli samanlainen kuin Lesley. Marlene teki myös glam-meikin ja teki myös hiuksensa.

"Me olemme valmiina?" Marlene kysyi leikkisästi seksikkäässä asennossa.

Lesley oli hieman kateellinen parhaan ystävänsä kauneussalaisuuksista ja liikuntarutiineista. Hän teki muistiinpanon pyytääkseen neuvoa myöhemmin.

"Niin valmis kuin voi olla", Lesley sanoi.

Rob suostui.

"Ensimmäinen askel on valmistautua", Marlene sanoi. "Olemme tietysti jo tehneet sen tarvittavan siivouksen kanssa. Nyt seuraava askel on tehdä olosi mukavaksi ja minä rentoudun."

Lesley tunsi pillunsa supistuvan.

"Olen valmis."

Marlene katseli ympärilleen makuuhuoneessa. Sitten hän asetti pyyhkeen avioparin sänkyyn ja levitti sen siististi.

"Ennen kuin makaat sängyllä", Marlene sanoi. "Ihmettelet varmaan mitä toisessa pussissa on."

Lesley nyökkäsi. "Minulla on aika hyvä idea."

"Se on anaalisarja, jota käytämme."

"Kuulostaa pelottavalta."

Marlene kurkotti pussiin ja otti esiin pienen vaaleanpunaisen dildon. " Ei oikeastaan. Se on enimmäkseen muutamaa pientä asiaa ja paljon voiteluainetta. Riittää, että olet valmis Robin tunkeutumiseen jälkeenpäin."

"Minulla alkaa olla perhosia vatsassani."

"Sitten meidän on parempi aloittaa."

Lesley ja Rob halasivat toisiaan suuren pitkän halauksen, jota seurasi sarja suudelmia huulille. Se oli melkein kuin sanoisi "näkemiin". Mutta todella, se oli tervetullut jotain uutta heidän suhteensa.

"Ota pikkuhousut pois", Marlene sanoi.

Lesley kurkotti alas ja otti pikkuhousut pois ja heitti ne pois. Hän oli alasti vyötäröstä alaspäin, ohut negligee peitti hänen takaosan ja pillua, mutta se ei kestänyt kauan.

Hän nousi sängylle juuri niin kuin Marlene oli käskenyt. Polvet pyyhkeellä ja kasvot liimattuina sänkyyn. Hänen takapuolensa oli ilmassa, ja hän oli hyvin tietoinen siitä, että hänen perseensä ja pillunsa olivat täysin alttiina hänen parhaalle ystävälleen ja aviomiehelleen.

Se oli kiusallinen hetki. Lesley tuntui monella tapaa käynniltä lääkärin luona. Paitsi tyypillisen gynokokeen sijasta, syvä perseen piiskaaminen olisi pian paikallaan. Mutta ensin olisi esileikki. Voi luoja, millainen esipeli? Lesley ajatteli.

Käsipari hieroi Lesleyn perää. Ei millään kädellä. Hellävaraiset naisen kädet. Sellaista, jollaista vain Marlenella oli.

Voi luoja, se alkaa.

"Tässä tulee yllätyksesi", Marlene sanoi. "Tiedän, että olet kiusannut Robia suunnitelmillani. No tässä se on. Mielestäni hyvä naispuolinen remmi on paras tapa stimuloida peräaukon neitsyitä. Rentoudu nyt."

Voi luoja, musta suudelma. Marlenesta?

Ennen kuin Lesley ehti sanoa sanaakaan, hän tunsi pehmeiden käsien levittäneen hänen pakaroitaan pidemmälle. Hän tiesi, että hänen peräaukkonsa oli auki miehensä ja Marlenen nähtäväksi.

Sitten tuli kieli. Voi luoja, kieli. Hänen pieni ruskea peräaukkonsa nuoli hänen paras ystävänsä. Hän nuoli ylös ja alas. Nuoli puolelta toiselle. Hän nuoli kaikkiin suuntiin. Sitten tuli suukkoja. Sitten nuolee taas. Sitten vielä muutama suudelma hänen peräaukkolleen.

Lesleyn seksuaalisten toiveiden listalla ei koskaan ollut raaputtamista, mutta hän oli niin iloinen saadessaan tuntea sen. Jos hän olisi tiennyt sen olevan niin hyvää, hän olisi pyytänyt Robia tekemään sen vuosia sitten hääyönä.

Nyt hän oli tässä, polvillaan, kasvot alaspäin, kun hänen paras ystävänsä nuoli hänen persettä. Hän oli aina tiennyt, että Marlene oli hyvin seksuaalinen henkilö ja seksuaaliasioiden asiantuntija, mutta tämä? Hän ei voinut tietää, että Marlene oli asiantuntija suuseksin suorittamisessa naisen peräaukon kanssa. Marlenen tekemä tekniikka oli yksinkertaisesti liian hyvää ollakseen totta.

Sitten tuli viimeinen reunuspala. Marlenen kieli tuli sisään. Voi luoja, hän pääsi sisään. Lesley tunsi peräaukkonsa kuolaavan, sylkeä valuvan hänen takaosaan ja peräsuolen aukkoon.

Se oli hieman kutittava, mutta enimmäkseen se tuntui hyvältä, stimuloi hermopäätteitä, joiden olemassaolosta en ollut tiennyt.

"Luoja", Lesley voihki kasvot alaspäin sängylle. "Se sinun kielesi... Jumalani."

Marlene pysähtyi hetkeksi. "Siksi he maksavat minulle paljon rahaa."

Ja sen myötä Marlene jatkoi peräaukon nuolemistaan. Hänen kielensä nuolee peräaukon rengasta, seurasi peräsuolen sisäänkäyntiä ja pysähtyi sitten.

"Oletko valmis nuolemisesi seuraavaan vaiheeseen?" Marlene kysyi pitäen edelleen takapuolta auki.

"Siellä on lisää?" Lesley kysyi edelleen kasvot alaspäin.

"Kyllä. Täältä se tulee. Rentoudu nyt kulta."

Marlene sanoi Robille jotain, joka oli niin lyhyt ja lyhyt, että Lesley ei kuullut sitä. Ainoa mitä hän kuuli, oli sekoitusääntä. En nähnyt häntä, koska hänen kasvonsa olivat sängyllä. Toki hän olisi voinut yksinkertaisesti kääntyä katsomaan, mitä he tekevät, mutta miksi vaivautua? Hän rakasti yllätyksiä ja häntä odotti erityinen suullinen yllätys.

Seuraava asia, jonka Lesley tiesi, Rob söi pilluaan alhaalta . Sillä välin Marlene palasi töihinsä.

Lesley koki täydellisen suullisen pahoinpitelyn sekä pilluaan että peräaukkoaan kohtaan, samaan aikaan ihmisten toimesta, joita hän rakasti eniten.

Hänen silmänsä laajenivat ja huulensa kaareutuivat, kun hän myönsi lyhyesti. Se oli kaksinkertainen suullinen nautinto. Rob imi hänen pilluaan enemmän kuin koskaan ennen. Marlene nopeutti peräaukon nuolemista.

Syvällä sisimmässään Lesley kirosi itseään siitä, ettei hän tehnyt tätä aikaisemmin. Oi hyvä. Hän oli 33-vuotias tyttö, hänellä olisi pitkä aika elämässään jatkaa kaksoissuuseksiä.

Hän tunsi huipentumansa lähestyvän, kun Rob keskitti kielensä hänen klitooseen. Se oli juuri tapa, jolla Lesley halusi saada pillunsa syödyksi. Aloita keskeltä, sitten orgasmi klitorisstimulaatiolla.

"Voi luoja", Lesley voihki kasvot alaspäin, hänen silmänsä kääntyivät taaksepäin. "Luulen olevani lähellä."

Marlene veti kielensä hetkeksi pois. "Tyttö, mene siihen."

Tämän jälkeen Rob jatkoi klintisen nuolemista nopeammin ja Marlene suoritti oraalisen pyörteen neitseellisen peräaukon sisällä.

Lesley päästi valloilleen historian orgasmin.

Hän huusi ääneen ja hänen vartalonsa jännittyi. Luojan kiitos he olivat äskettäin ostaneet talon, jossa heillä oli kunnollinen yksityisyys. Hänen vanhassa asunnossaan Lesleyn kaltainen huuto olisi varmasti kiinnittänyt naapureiden ja kenties poliisin huomion.

Nyt oman kotinsa rauhassa Lesley pystyi luopumaan kaikesta. Hänen pillunsa ja peräaukkonsa saivat voimakasta oraalista stimulaatiota, mikä johti voimakkaaseen märkään orgasmiin.

Kun hän oli valmis, Rob vetäytyi pillunsa alta ja Marlene poisti hänen kielensä.

Lesley kaatui sängylle, märkä sotku, orgasmin jälkeinen hymy hänen kasvoillaan.

"Rob oli oikeassa sinusta", Marlene sanoi ihaillen paljaspohjaista parasta ystäväänsä. "Olet aika tyhmä."

"Paskat..." hän huokaisi.

"Tyttö, olemme vasta puolessa välissä. Avain hyvään anaaliseksiin on voitelu ja kiihottuminen. Sanoisin, että olet ylikyllästynyt. Ja olet erittäin hyvin voideltu syljelläni. Mutta meillä on vielä työtä tehdä."

"Edelleen?" hän änkytti.

"Joo, mene nyt takaisin asemallesi, sinä laiska narttu."

Marlene antoi parhaalle ystävälleen voimakkaan lyönnin takaapäin. Se riitti saada Lesley takaisin polvilleen takapuoli ilmassa.

Kun hänen mielensä vielä kierteli voimakkaasta orgasmista, hänen kasvonsa painuivat lakanaa vasten ja hän tunsi pakaroidensa avautuvan jälleen. Tällä kertaa kädet olivat paljon vahvemmat, mikä tarkoitti, että Rob piti Lesleyn persettä auki.

Mikä tarkoitti, että Marlenella oli molemmat kädet vapaana.

Yhtäkkiä Lesley kuuli tutun äänen, kun voiteluainepulloa avattiin.

Sitten Lesley tunsi pienen vaaleanpunaisen dildon työntyvän hänen pohjaansa. Se oli vain muutaman tuuman pitkä, mutta se tuntui valtavalta hänen pienen takanaan. Vaaleanpunaista dildoa työnnettiin sisään ja ulos.

He ottivat sen pois jättäen haukottelun Lesleyn selkään.

Sitten jotain hieman suurempaa puristettiin hänen reikää vasten. Toinen dildo Marlenen laukusta. Häntä työnnettiin kovemmin, ja hän joutui neitsytreikään. Kun hän jatkoi sen työntämistä, Lesley tiesi, että tämä lelu oli paljon pidempi (ja paksumpi), mikä antoi lelulle paljon venytetyn tunteen.

Hän tunsi peräaukon ja peräsuolen renkaan työntyvän äärimmilleen. Sitten se pysyi paikoillaan, antaen hänen kusipäälle aikaa tottua siihen, että hänellä on jotain, joka kokosi hänen perseensä.

Sitten suurin dildo poistettiin, jolloin hänen herkkään kusipäähän jäi ammottava tunne.

Yhtäkkiä taustalla kuului näitä imeviä/suihkoja ääniä. Lesleyllä kesti sekunti tajuta, että Marlene luultavasti imesi Robin kukkoa, sai hänet lujasti ja voideltiin anaaliseksiä varten. Se narttu, Lesley ajatteli.

Imemisen äänet loppuivat.

"Hyvää vuosipäivää, tyttö", Marlene sanoi kiusoittelevalla äänellä.

"Hyvää vuosipäivää kulta", Rob sanoi.

Tällä kertaa Lesley tunsi jotain muuta painuneen perseeseensä. Se oli kovaa, mutta tuntui pehmeältä. Siitä ei ollut kysymystäkään. Se oli Robin muna. Hänen miehensä oli naimassa häntä perseeseen.

Hän kiristi lakanan ja valmistautui tulevaan.

Rob työnsi. Hänen kukkonsa meni sisään. Tunkeutuminen oli hidasta ja sujuvaa. Hän melkein tunsi olevansa asiantuntija, joka tunkeutui häneen, vaikka hän ei olisi tiennyt sitä, koska häntä ei ollut koskaan aiemmin naitettu perseeseen.

Sitten hän tajusi, että kyse oli neuvoista, jotka Marlene oli antanut Robille. Siksi Rob pystyi naimaan hänen perseensä niin helposti. Ja se oli myös kaiken anaalisen stimulaation ja orgasmin ansiota, jonka Marlene oli minulle antanut.

Kaikki toimi täydellisesti. Robin keskikokoinen kukko onnistui tunkeutumaan peräsuoleen ilman vaivaa, vaikka hänen perseensä tuntui olevan hyvin täynnä.

Lopulta se oli kokonaan sisään ja Rob nojasi vaimonsa pieneen peräsuoleen.

"Niin on, tyttö", sanoi Marlene, joka siirtyi silittämään Lesleyn hiuksia rakastavasti. "Vaikein osa on ohi. Hän on täysin sisällä. Pidä nyt hauskaa ja nauti siitä seuraavasta orgasmista."

Parhaat pitivät kädestä ja katsoivat toistensa silmiin, kun Rob veti hitaasti kukkoaan taaksepäin ja työnsi sitten.

"Voi..." Lesley huokaisi. "Jumala..."

"Rauhoitu, tyttö. Voit hyvin."

Sykkivä kukko hänen perseensä sisällä toisti hänen liikkeensä. Rob nyökkäsi takaisin ja antoi sitten toisen työnnön, tällä kertaa hieman kovemmin, minkä Marlene oli neuvonut häntä tekemään aiemmin.

Lisää työntöjä tuli. Jokaisella työntövoimalla Lesleyn ruumis vajosi syvemmälle sänkyyn. Hänen kasvonsa painuivat lähemmäs lakanaa vasten. Sänky heilui. Hänen hiuksensa heiluivat sivulta toiselle. Hänen pienet rinnansa huojuivat.

Pian Lesley huomasi saavansa täydellisen pahoinpitelyn. Sänky tärisi ja Lesley alkoi itkeä.

"Ei hätää, rakas", Marlene sanoi rauhoittavalla äänellä pyyhkien pois kyyneleensä. "Sinulla menee niin hyvin. Perseesi on tehty tätä varten. Tulet olemaan riippuvainen persevitun perseestä, kun miehesi on valmis."

Lesley ihmetteli, kuinka se saattoi olla totta, kun hänen perseensä kyntö jatkui. Se sattui, mutta tuntui myös hyvältä. Se oli kuin täydellinen kontrasti kivulle ja nautinnolle. Häntä venytettiin uskomattomasti. Mutta myös hänen peräsuolen hermopäätteitä stimuloitiin tavoilla, joita hän ei ollut ajatellut mahdolliseksi.

"Voi luoja", Lesley huusi. "Perseeni!"

Kyyneleet valuivat Lesleyn kasvoille, kun hakkaaminen jatkui. Hän olisi voinut pyytää sen lopettamista. Olisin voinut rukoilla, että se loppuisi. Mutta hän ei tehnyt niin. Hän uskaltautui kehonsa uusille alueille. Hän koki uusia asioita seksuaalisuudellaan. Ja hän rakasti jokaista sekuntia.

Se sattui edelleen helvetisti. Mutta siinä oli kiistaton tyytyväisyys. Marlene aisti Lesleyn tunteman ilon ja nyökkäsi Robille, mikä oli hänen vihjeensä.

Yhtäkkiä Rob alkoi naida täydellä nopeudella. Lesley huusi ääneen, kyyneleet valuivat hänen kasvoilleen, kun hänen herkkää pientä perseään kynnettiin voimalla, jota hän ei tiennyt pystyvänsä käsittelemään.

"Voi luoja!!!!" hän itki ilostaan.

Joten hän tuli. Hän tuli toisen kerran sinä aamuna. Se oli erilainen orgasmi kuin ennen. Se ei ollut sileä ja miellyttävä.

Ei. Se oli raakaa. Puhdas. Villi. Se oli orgasmi, joka tuli hänen alkuperäisestä himosta. Ja se teki ison sotkun kaikkialla.

Luojan kiitos Marlene oli laittanut pyyhkeen sängylle.

Orgasmi oli niin voimakas, että Lesley ei ymmärtänyt, että Rob oli jo ejakuloinut hänen peräsuoleensa ja tulvinut hänen pienen aukkonsa.

Toisen kerran sinä aamuna Lesley oli kasvot alaspäin, kaatui sängylle, hänen paljas pohjansa paljaana.

Sekä Rob että Marlene ihailivat hänen töitään: hämmentynyt Lesley, joka makaa selässä puhtaassa orgasmisessa autuudessa, täysin märkä jalkojensa välissä.

EPILOGI

Kun Lesley tuli kotiin töistä, pieni ostoskassi toisessa kädessään ja kukkaro toisessa, hän oli hyvällä tuulella.

Hän jätti laukkunsa portaiden lähelle ja lähestyi keittiössä miestään, joka oli myös työvaatteissaan.

"Anteeksi, olen vähän myöhässä", hän sanoi ja suuteli Robia huulille pitäen silti pientä ostoskassia.

"Mikä tämä on?"

Hän hymyili ja ojensi laukkua: "Tämä... on söpö pieni lahja, jonka Marlene antoi minulle. Joimme kahvia hetki sitten."

Lesley veti esiin pienen pullon ja heitti pussin keittiön tiskille. Pullo oli läpinäkyvä ja sisälsi läpinäkyvää nestemäistä nestettä. Mutta mikä pullosta erottui eniten, oli se, että siinä mainittiin selvästi, että se oli tarkoitettu vain anaalikäyttöön.

Itse asiassa pullon aine on valmistettu erityisesti anaaliseksiä varten. Se oli uusi tuote, joka tehtiin anaaliseksistä niin paljon helpommaksi.

"Voi luoja", hän sanoi kulmakarvoja kohotettuna.

"Sinun munasi. Perseeni. Juuri nyt."

Lesley ojensi pullon miehelleen. Hän kääntyi ympäri ja riisui housunsa ja heitti ne lattialle. Hän levitti jalkansa ja nojasi sisään nostaen toimistohameensa selkää. Sitten hän laittoi kätensä keittiön tiskille perseensä osoittaen.

Kun Rob kaatoi uuden liukastepullon peräaukkoaan, Lesley katsoi puutarhaan. Oli kaunis päivä ja aurinko laski. Hän tajusi, kuinka onnekas nainen hän oli. Hän oli naimisissa elämänsä rakkauden kanssa, ja he olivat löytäneet tavan viedä seksielämänsä uudelle tasolle. Hänellä oli myös täydellinen paras ystävä, joka teki tämän kaiken mahdolliseksi.

Elämä oli hyvää.

Yksinkertainen työntö, ja Robin kukko tuli hänen pikku kusipäähän. Tähän mennessä Lesley oli tottunut siihen, että hänen takaosansa venytettiin hänen kukkonsa kautta. Tällä kertaa se näytti helpommalta. Marlene oli oikeassa, tuo uusi liukastepullo oli hämmästyttävä, mikä tarkoitti, että Lesleyn tulevaisuudessa oli paljon enemmän anaaliseksiä.

KAPEA PEPPUREIKÄ

LUKU I

Dickin kukko tunkeutui hitaasti Samanthan ryppyiseen, voideltuun peräaukkoon ja tuli sitten ulos samaa tahtia. Aistillinen kohtaus toistettiin useita kertoja, ja hänen kapean kanavansa lämpö sai hänet pian kaipaamaan lisää. Hän yritti jättää huomioimatta hänen hallinnan puutteensa epätoivoisen hitaan nopeuden suhteen, ja hän keskittyi vaimoonsa, kun tämä liikutti takapuolta ylös ja alas hänen pituuteensa. Ranteet ja nilkat ketjutettuina sänkyyn, hänellä ei ollut muuta vaihtoehtoa kuin omaksua uutuus, että häntä käytettiin seksileluna.

Epätavallinen tapahtumien käänne alkoi edellisenä päivänä. Kun hän oli matkalla töihin, Dickin matkapuhelin soi täsmälleen kello 7.10 aamulla, kuten odotettiin. Jopa tarkistamatta soittajan tunnusta, hän tiesi, että se oli hänen vaimonsa, joka soitti joka aamu samaan aikaan.

Vastatessaan puheluun handsfree-tilassa Dick tervehti Samanthaa lämpimästi,

"Hei vauva."

"Hei! Onko sinulla jo ikävä minua?" Samanthan ääni oli täynnä huumoria, sillä heidän tiensä olivat juuri eronneet tuntia aikaisemmin.

Dick tuhahti,

"Tietenkin! Luitko vielä hyviä tarinoita?"

Aamuharjoittelunsa aikana Samantha nautti tarinoiden lukemisesta eroottisen kirjallisuuden suosikkiblogistaan. Hän valitsi luokat "Anal" ja "BDSM" ja toivoi löytävänsä uusia löytöjä joka päivä. Jos joku kutitti häntä, hän kertoi Dickille erittäin yksityiskohtaisesti hänen erillisten työmatkojensa aikana.

"Olen itse asiassa lukenut todella kuuman "anaalisen" tarinan", hän sanoi haikeasti. "Aviomies sitoi vaimonsa rangaistuksena, ja sitten hän ajoi hänelle todella kovaa persettä. Se sai minut erittäin kiimaan."

Ymmärtääkseen hänen ei niin epämääräisen vihjeensä, Dickin sävy oli pehmeä,

"Todellako".

"Tiedätkö... siitä on aikaa, kun meillä on ollut aikaa pelata joitain kivoja pelejä. Ja... no... Olen ollut erittäin tuhma tyttö viime aikoina. Olen melko varma, että ansaitsen rangaistuksen." Tein parhaani katuvalta kuulostavalle, mutta hän onnistui näyttämään kipeältä.

Samantha todella rakasti anaaliseksiä, mikä oli siunaus Dickille. Ongelmana oli, että hän huusi kuin paholainen anaaliorgasmien aikana. Kun teini-ikäiset lapset olivat vielä kotona, heidän mahdollisuudet vapautua itsestään olivat vähäiset.

Dick tiesi, että hänen vaimonsa halusi epätoivoisesti perverssiä seksiä, joten hän otti hänen ei niin hienovaraiseen kutsuun. Hän oli oikeassa; siitä oli kulunut pitkä aika, kun he olivat nauttineet villistä yöstä. Itse asiassa hän oli yllättynyt siitä, että häneltä kesti niin kauan ehdottaa salaisia seksitreffejä, ja hän oli täysin samaa mieltä heidän keskustelunsa suunnasta.

Vastatessaan Samanthan ilmeiseen toiveeseen Dick teki osansa. "Minä olen tuomari sen suhteen, ansaitsetko todella rangaistuksen. Kerro nyt minulle, mitä olet tehnyt", hän sanoi arvovaltaisella äänellä.

"No, ensinnäkin, satun ylinopeuttamaan juuri nyt", Samantha tiesi, että se oli heikko yritys, mutta tämä oli vasta ensimmäinen nousu.

Dick huokaisi pettyneenä: "Sinulla on kiire joka päivä. Se ei todellakaan ole rangaistuksen arvoinen."

"Voi", välittämättä virheestään, hän oli valmis toiseen lyöntiin. "No, lainasin 30 dollaria lompakostasi ennen kuin menin töihin."

Dick naurahti: "Ok... ei mikään yllätys. Useimpina päivinä tunnen olevani henkilökohtainen pankkiautomaattisi. Onko siinä kaikki?" Hän kysyi odottaen enemmän kekseliäiseltä vaimoltaan.

Säästettyään parhaan viimeiseksi Samantha luotti olevansa menestyksen partaalla,

"Joten kävi ilmi, että Morrisonit kutsuivat meidät illalliselle perjantai-iltana ja sanoin, että haluaisimme osallistua."

Useita hetkiä vallitsi kuoleman hiljaisuus, kun Dick käsitteli ei-toivottuja uutisia. Hän tiesi aivan hyvin, ettei hän nauttinut ajan viettämisestä Morrisonien kanssa. Vaikka vaimo oli Samanthan rakas ystävä, aviomies oli sosiaalisesti kömpelö.

"Pikkuinen", sanoi Dick raivattuaan kurkkuaan ääneen, "olet todella ansainnut rangaistuksen tästä. Saapa nähdä, mitä voin tehdä saadakseni tilaa huomisen iltapäivän aikatauluun."

Kun Dick käytti seksilelun lempinimeään, Samanthan pillu kiristyi. Mielenkiintoisinta oli olla miehensä armoilla, kun hän käytti hänen ruumiitaan mielihyvin. Onneksi se oli valmis seuraavan päivän puoleenpäivään mennessä, mikä oli täydellinen aika.

Menestyksestä hämmästynyt Samantha tuskin hillitsi iloaan,

"Voi poika! Tarkoitan... voi ei! No, minun on hyväksyttävä mikä tahansa rangaistus, jonka luulet sopivan rikokseen. Mutta peppuni on tuntunut todella pahalta, koska se on jätetty pois viime aikoina."

Järkyttynyt tulevasta illallisesta Morrisonien kanssa, Dick päätti pilkata vaimoaan osittaiseksi kostoksi.

"Ehkä rangaistuksenne on luopua anaaliyhdynnästä", hän vitsaili vakavammalla äänellään.

Hämmästynyt Samantha käytännössä tukehtui.

"Vauva, rangaistukseen tulee aina sisältyä anaali!"

"Sinä et voi esittää vaatimuksia, Pikkuinen." Dick säilytti kidutuksensa, ja hänen kasvoillaan oli ärtyisä hymy. "Otan pyyntösi huomioon, mutta älä luota pääseväsi eroon. Tämä oli melko vakava rikkomus. Olen nyt töissä. Voimme puhua lisää myöhemmin."

Masentuneena Samantha vastasi:

"Minä rakastan sinua".

"Minäkin rakastan sinua", Dick katkaisi puhelun ja oli tyytyväinen, että hän antoi vaimolleen sellaisen.

Samantha oli autossaan kauhuissaan tapahtumien käänteestä. Hänen älykäs suunnitelmansa saada aikaan karkea anaaliistunto oli yhtäkkiä suistunut raiteilta.

Varmasti, Dickin täytyy tietää, kuinka paljon hän halusi perseestä kovan istunnon!

Olettaen, että hän sai hänet tottelemaan, Samantha keksi nopeasti suunnitelman antaa hänelle Margaritas. Hän ei voinut millään vastustaa hänen innokkaan perseensä houkuttelemista raskaalla tequila-iskulla vartaloon, ja hän tiesi paikan, joka sopisi hänen tarpeisiinsa.

LUKU II

Seuraavana päivänä Samantha ja Dick löysivät itsensä kotiin juuri ennen lounasta. Kun hän ehdotti nopeaa matkaa suosikkimeksikolaiseen ravintolaansa, hän suostui. Ei vain juomat olleet vahvoja, ruoka oli erinomaista, ja mikä tärkeintä, palvelu oli nopeaa.

Kuten tavallista, he pyysivät eristäytynyttä koppia. Istuttuasi kaksi suosikki Margaritaa ilmestyi taianomaisesti pöydälle ja ruokatilauksesi hoidettiin nopeasti. Alkukilpailut poissa tieltä, he siemailivat ja rentoutuivat.

Samantha, hyvin suora henkilö, ei epäröinyt puhua suoraan. Toivoen, että Dick oli unohtanut absurdin ajatuksensa anaaliseksin kieltämisestä, hän päätti kokeilla onneaan.

"Hei kulta, olen aika kiimainen. Me tulemme hulluiksi tänä iltana", hän sanoi ja antoi hänelle vihjailevan silmäniskun.

Dick naurahti arvaten, että Samantha oli huolissaan hänen uhkauksestaan välttää peräaukon leikkimistä. Vaikka hän aikoi porata hänen persettä pitkään ja lujasti, hän ajatteli, että olisi hauskaa jatkaa juoniaan.

Hän kohotti kulmakarvojaan ja piti pokerin kasvot ylöspäin ja sanoi: "Tänään pidämme sen hillittynä. Loppujen lopuksi, Pikkuinen, ansaitset rangaistuksen."

"Haha, erittäin hauskaa. Ole vakava ja lopeta huijaaminen", hän sanoi yrittäen peittää ilmeisen huolensa.

Vaikka Dick oli yleensä kauhea näyttelijä, hän tunsi olevansa luottavainen suoritukseensa. Samantha kiemurteli aidosti hänen silmiensä edessä ja se oli varsin viihdyttävää.

Hän kumartui alas ja puhui ankarasti:

"Älä tee virhettä, päätökseni on tehty."

"Mutta kulta, etkö nauti perseeni naimisesta, kun olen sidottu sänkyyn? Voit laittaa minut polvilleni, perse nostettuna ja tehdä kanssani mitä haluat." Hän yritti houkutella häntä maalaamalla eroottisen kuvan. "Kuvittele, että kova kukkosi uppoaa pieneen reikääni... kuvittele huutavani, kun pakotat minut tulemaan... ajattele peppuni puristavan kukkosi tyhjentäessä kuormansa minuun! Tule, tarvitsen sinun toimittamaan minulle hyvän määrän cum minun takaovellani! Ole hyvä...!"

Aina vaikuttunut Samanthan anaaliinnostuksesta, Dickin kukko jäykistyi välittömästi. Ai niin, ajattelin tehdä kaiken tämän ja enemmän. Mutta toistaiseksi hän nautti pelistä.

"Olen tehnyt päätökseni. Anaali, orjuus ja rangaistus eivät tule kysymykseen tänään", hän sanoi onnistuen kuulostamaan välinpitämättömältä.

Dickille oli äärimmäisen huvittavaa nähdä Samanthan kasvojen välkkyvän turhautuneena. Hän odotti hänen muuttavan strategiaansa, eikä ollut pettynyt.

Samantha liikkui nopeasti yrittäen syyttää häntä.

"Mutta kulta, sinä olet se, joka sai minut koukkuun anaaliin! Jos ajattelet sitä, tämä on todella sinun syytäsi. Olet minulle helvetin velkaa!"

Hänen lausunnossaan oli totuutta. Dickillä oli kestänyt yli kaksikymmentä vuotta vakuuttaa Samantha siitä, että anaaliseksiä kannattaa kokeilla. Kun hän tajusi, että peräaukon orgasmit olivat todellisia ja kilpailivat emättimen kanssa, kukaan ei estänyt häntä. Eräässä mielessä hän oli vastuussa tämän anaalihirviön luomisesta.

Kiinnostunut näkemään, minne hän voisi mennä seuraavaksi, Dick jatkoi ketjunsa vetämistä: "Lähetyssaarnaajan asema ja emättimen tunkeutuminen kelpaavat tänään, pikkuinen."

Samanthan kasvot vääntyivät epäuskosta. Sellainen seksi sopi hyvin arki-iltoille, jolloin heidän piti olla hiljaa, koska lapset olivat kotona. Mutta tämä paha tilaisuus oli liian arvokas hukattavaksi!

Samantha päätti kokeilla imartelua, joten hän ei jäänyt paitsi.

"Okei, kuuntele. Aion olla täysin rehellinen. Jos et olisi niin hyvä hakkaamaan persettäni, en edes haluaisi anaaliseksiä. Sinun kaltaisiasi taitoja ei pitäisi hukata."

Siristellen Dickin vastaus oli yksinkertainen:

"Hyvä yritys".

"Vauva, sido minut ja nai persettäni! Siitä on liian kauan, kun olemme pelanneet ja tarvitsen sitä todella", hän valitti viimeisenä keinona.

Dick pudisti päätään ja ajatteli myötätuntoa häntä kohtaan. Jos hän tunnustaisi hänelle, että se oli vitsi hänen kustannuksellaan, hän rauhoittuisi. Puhuessaan hän yhtäkkiä tunsi hänen paljaan jalkansa suoraan haaroissaan. Varpaillaan hän silitti varovasti hänen kivikovaa erektioaan pöydän alla hymyillen voitosta.

"Sotat jatkuvasti 'ei', mutta munasi sanoo 'hell joo'. Olenko oikeassa?" Samantha kuiskasi, hänen silmänsä loistivat ilosta.

Yhtäkkiä Dick ei halunnut antaa periksi ja hengitti muutaman kerran syvään ja yritti keskittyä epämiellyttäviin ajatuksiin. Illallisen kuvitteleminen Morrisonsissa toi hänet ulos kuilusta.

Puhuen hitaasti ja pehmeästi hän vastasi:

"Tänään sääntöjäni noudatetaan."

Samantha kohautti olkiaan ja huokaisi,

"Okei, sinä voitat, kulta. Nautitaan lounasta ja mennään kotiin. Helvetissä, ehkä meidän pitäisi vain rentoutua. Näytät hieman jännittyneeltä."

Heidän tilauksensa saapuivat ja pariskunta sai heidät nopeasti syömään, samalla kun he keskustelivat muista asioista. Dick oli yllättynyt, että Samantha onnistui jättämään keskustelun taakseen, koska hän ei halunnut hävitä.

Takarassaan Samantha tunsi olevansa oikeutettu aiemmin päivällä tehdyistä valmisteluista. Dick oli päättänyt leikkiä tulella, ja hän palaisi pian. Hän oli täysin valmis toimimaan ja ottamaan hänen kukkonsa omaan perseeseensä.

LUKU III

Kun he tulivat kotiin, pariskunta meni suoraan makuuhuoneeseensa. Dick istui sängyn kulmassa, kun Samantha irrotti hitaasti farkkujaan ja valkoista napitettua paitaansa. Hän tiesi hyvin nauttivansa hyvästä striptiisistä, joten hän liioitteli liikkeitään. Kun hän oli poistamassa mustat pitsiset rintaliivit ja yhteensopivat stringit, hän käveli miehensä luo ja riisui alusvaatteensa miehen edestä.

Samantha seisoi alasti hänen edessään, katsoi rehellisesti Dickiä ja kysyi:

"Rakas, voinko antaa sinulle hieronnan? Ansaitset sellaisen, koska olet niin kärsivällinen temppujeni kanssa."

Vaikka Dick oli valmis lyömään vaimonsa persettä järjettömästi, Samanthan harkittu ehdotus liikutti häntä. Hänen hierontansa olivat melko kunnollisia ja aikaa vieviä.

"Se on hyvä sopimus, Pikkuinen. Mene eteenpäin. Mutta ensin riisu minut."

Samantha punastui makeasti, vastasi:

"Ilomielin".

Koska Dick oli jättänyt takkinsa ja solmionsa alakertaan, se ei kestänyt kauan. Hän kiipesi sängylle ja kyyristyi suoraan hänen taakseen laskeen polvensa hänen ruumiinsa molemmille puolille. Hän kurkotti hänen rintaansa, avasi paidan napit ja otti sen pois. Hänen yksinkertainen valkoinen T-paitansa seurasi.

"Nouse ylös ja käänny ympäri", hän kuiskasi viettelevästi.

Dick seurasi hänen ohjeitaan, jotka asettivat hänen lantionsa suoraan hänen kasvojensa eteen. Kun Samantha katsoi häntä silmiin, Samantha irrotti hänen vyönsä, avasi housunsa vetoketjun ja sitten vetoketjun. Hän veti alas hänen housujaan ja alushousuaan vetäen ja jätti hänet alasti ja puoliksi pystyssä.

"Nyt makaa ja anna sormieni tehdä työnsä", hän sanoi koputtaessaan sänkyä.

Onnellisena noudattaessaan Dick ojentui keskelle sänkyä kasvot alaspäin. Kun Samantha oli hajallaan hänen kanssaan, hän istui hänen selän keskelle.

Hän aloitti hänen harteistaan ja puhui huolestuneena:

"Voi kulta, kätesi tuntuvat niin kireiltä! Laita ne pääsi päälle, jotta voin harjoitella kaikkia lihasryhmiäsi."

Dick oli hyvin hajamielinen hänen selkäänsä Samanthan pillun alle muodostuneesta märästä pisteestä, mutta hän onnistui rekisteröimään pyyntönsä. Hän ojensi käsiään tyynyjä kohti ja tiesi epämääräisesti, että Samantha liukastui eteenpäin, kunnes hän oli hänen lapaluiden välissä. Nojatuaan sängyn reunan yli hän näytti tarttuvan johonkin. Sitten hän tunsi salaman nopeana kylmän teräksen ranteidensa ympärillä ja kuuli käsirautojen napsauttavan.

Dickin pää napsahti taaksepäin, kun hän veti käsiään ja huomasi ne rajoittuneina. Todellisuus iski kovaa; hänen hoikka vaimonsa oli juuri pudonnut hänet, ei mikään pieni asia, koska hän painoi paljon enemmän. Välittömästi sen jälkeen ketterä paholainen lipsahti ulos hänen ruumiistaan ja istuutui hänen viereensä.

Vaikka Dick ei halunnut katsoa vaimoaan, joka oli varmasti ylpeä vitsistä, hän käänsi päänsä sivulle. Hänen huomionsa kiinnitti välittömästi liukas kusipää, joka oli esillä hänen laajalle levinneiden reisien välissä. Hän huokaisi ja tunsi itsensä typeräksi, kun hänet jäi kiinni kasvot alaspäin.

"Haa! Olen pettänyt sinua täysin!" hän huusi.

Dick tiesi, ettei hän olisi tyytyväinen tähän, sillä Samantha oli taipuvainen ihailemaan. Koska hän oli yleisesti ottaen rauhallinen, hänellä oli houkutus liittyä tämän iloitsemiseen, mutta hän päätti arvioida tilanteen.

"Mukava liike, Pikkuinen", hän myönsi aina kohteliaasti. "Mitä sitten tapahtuu?"

Samantha ei ollut lopettanut huutamista:

"Pyhä guacamole! Sain sinut vangiksi! Toivon, että olisit nähnyt ilmeen kasvoillasi! Melkoinen runo!"

"Joo, ymmärsit minut tosissaan. Joten mikä on pelisi loppu?"

Hän vastasi nauraen hänen tahattomalle sanaleikille.

"Se on enemmän kuin "peppupelini"!"

Hän hengitti muutaman kerran syvään ja rauhoittui. Dickin miellyttäminen oli ehdottomasti osa suunnitelmaa, ja hän halusi rauhoittaa häntä.

"Ok, ok! Uh! Nämä ovat vaihtoehtosi. Kiinnitän käsiraudat pieneen ketjun palaan, joka on kiinnitetty sängynpylvääseen. Näin voit kiertyä selällesi. Jos valitset sen polun, minä nouse kukkollesi käyttääksesi sitä hyvään käyttöön. Mutta olet vaihteeksi täysin armoillani. Tai... voin jäädä tänne leikkimään kanssani, kun nukut. Se on täysin sinusta kiinni, rakas."

Dick teki päätöksensä välittömästi, mutta pohdiskeli asiaa.

"Katsotaan, voin antaa sinun käyttää munaani tai makaa täällä kuin nippu kuorsaamassa. Valitsen vaihtoehdon numero yksi."

Samantha taputti kuin pieni tyttö, ilahdutti. Vaikka hän piti parempana alistuvaa roolia kinkkisten pelien aikana, Dick painoi aiemmin tuntematonta pikapainiketta uhkaamalla kieltää hänen anaaliseksensä. Hän ei voinut syyttää ketään muuta kuin itseään hänen äärimmäisistä toimistaan.

"Erinomainen!" Hän huudahti. "Käänny nyt ympäri ja pidä jalkasi erillään. Minun täytyy ketjuttaa nilkkasi."

Toiseen kyynärpäähän nojaten Dick käänsi vartalonsa Samanthan ohjeiden mukaan. Hän hyppäsi ylös sängystä ja veti esiin joitakin metallisia nilkkoja, jotka hänen on täytynyt piilottaa patjan alle aiemmin sinä päivänä.

Kun kaikki Dickin raajat oli hillitty, Samantha opiskeli ylpeänä hänen töitään. Katse kiinnitettynä miehensä kasvoille, hän suuteli tämän otsaa hellästi.

"Älä huoli, kulta. Olen lempeä", hän kuiskasi suoraan miehen korvaan.

Dick, hiljainen kaveri, nauroi pienelle huijarille:

"No, pikkuinen, näyttää siltä, että sinulla on minut juuri siellä, missä halusit."

"No, minulla on sinut. Kiitos huomiosta", hän nauroi suuntautuessaan ovelle. "Pysy nyt hiljaa, niin palaan kohta."

Rajoitus oli Dickille uusi kokemus. Pariskunta oli ollut mukana orjuudessa suhteensa alusta, ja kolmen vuosikymmenen aikana Samantha oli viettänyt lukemattomia tunteja käsiraudoissa, kahleissa ja jopa sukkahousussa. Hän ei ollut koskaan aiemmin ilmaissut kiinnostuksensa kääntää pöytiä, joten tämä oli odottamaton käänne.

Dick teki vaikutuksen, että Samantha käytti hyväkseen hänen suurta kokemustaan sitoakseen hänet sänkyyn. Testaamalla hänen liikkuvuuttaan hän oli todella ylpeä siitä, että hän oli onnistunut turvaamaan hänet aiheuttamatta hänelle kipua.

Käsiraudat eivät olleet liian tiukalla hänen ranteissaan/nilkoissaan, eivätkä hänen raajat venyneet niin, että ne tuntuivat epämukavalta. Kaiken kaikkiaan se oli varsin onnistunut yritys.

Hänen huomionsa muuttui huomattuaan, että Samantha oli palannut ja seisoi keskellä huonetta.

Olisi ollut vähättelyä sanoa, että hän oli pukeutunut tilaisuuteen.

LUKU IV

"Pidät siitä mitä näet?" Samanthan silmät loistivat ilkikurisesti, kun hän teki mallia hänelle uudessa asussaan.

Yleensä hän piti mieluummin pehmeistä, naisellisista alusvaatteista, mutta tänä iltapäivänä hän oli mennyt uuteen suuntaan. Olkaimeton musta nahkakorsetti antoi hänelle hallinnan naisen ilmeen. Jo pienenä se korosti hänen pientä vyötäröään entisestään ja onnistui saamaan hänen pienet rinnansa näyttämään suuremmilta. Hän päätti olla ilman pikkuhousuja ja jätti karvaton sukupuolensa alttiina katselun iloksi. Hieman alempana, reiteen asti, läpinäkyvät mustat sukat halasivat hänen sävykkäitä jalkojaan. Eroottisen kokonaisuuden viimeistelyään hän käytti ankaran näköisiä mustia korkkareita.

Dickin leuka riippui auki ja tuijotti hämmästyneenä vaimonsa ulkonäköä, joka oli pukeutunut niin rohkeaan asuun.

"Paskat! Näytät NIIN kuumalta, Pikkuinen!"

Hän vetäytyi pois hänestä, hän kallisti lantionsa sivulle ja taputti hänen takaosaansa. Kun hänen kukkonsa oli nyt muotoiltu täyteen mastoksi, hän kamppaili hetken päästäkseen ylös ennen kuin muisti olevansa sidottu sänkyyn.

"Pieni, anna minun nousta ylös, niin annan persellesi elämäsi vaikeimman kyydin", hän sanoi yrittäessään neuvotella.

Samantha pudisti päätään nauraen,

"Voi, minulla on kova matka, älä huoli. Sinulla oli tilaisuutesi ja räjäytit sen. Aion ottaa mitä haluan yksin."

"Tule! Vitsailin vain anaaliseksin kieltämisestä. Vaihdetaan paikkaa", hän pyysi.

Samantha kohautti olkiaan ja vastasi:

"Painoit väärää näppäintä, kulta. Se mikä on tehty, on tehty. Jos nyt vaadit puhumista, sillä on seurauksia."

"Mutta", hän aloitti.

"Juuri! Mutta..." hän vastasi ja teki lainausmerkkejä sormillaan. "Se on tämän pelin nimi. Nyt varoitin sinua olemaan hiljaa ja olemaan tottelematta."

Samantha kosketti etusormellaan suunsa puolta ja sulki silmiään väärään keskittymiseen.

"Katsotaan, kuinka minun pitäisi käsitellä tottelemattomuuttasi? Hei, minulla on idea", hän sanoi heiluttaen käsiään vakavasti. "Sinun pitäisi käyttää suutasi miellyttämään minua sen sijaan, että räskettäisit!"

Koska peli oli hyvässä vauhdissa, Dick ei ollut varma, pitäisikö hänen vastata suullisesti. Viisaasti hän päätti nyökätä päätään hyväksyvästi. Samanthan törkeä asu ja säädytön käytös saivat hänet kaipaamaan kaikenlaista kosketusta hänen kehoonsa.

"Ah, huomaan, että olet nopea oppija", hän sanoi. "Laitetaan suusi töihin. Haluan sinun nuolevan tuhma reikääni, kuin hyvä poika."

Jälleen kerran Dick nyökkäsi painokkaasti, iloisena suostuessaan. Tämän "roolin käänteisen" hetken salliminen Samanthalle tuntui olosuhteisiin nähden oikealta, ja hän oli mielellään mukana matkalla.

Varovasti työntääkseen miestään Samantha ryömi takaisin sängylle. Hän asettui hänen niskaansa ja polvistui ja asetti takapuolensa suoraan hänen kasvojensa päälle. Aina kiusoitellessaan hän käänsi lantiotaan hieroessaan käsiään pakaroidensa sileitä kaarevia pitkin.

"Anna nyt minulle vähän iloa... takamustani", hän sanoi auktoriteetilla.

Samantha tunsi Dickin ruumiin tärisevän naurusta, jonka hän yritti tukahduttaa. Hänen vaimonsa suuteleminen ei ollut varsinaisesti rangaistus, ja hänen kiihtymisen katsominen, kun hän nuoli hänen persettä, oli kiihottavaa. Näin ollen hän oli enemmän kuin iloinen voidessaan miellyttää häntä.

Samantha kumartui hymyillen ja katsoi jalkojensa väliin,

"Annan sinulle pääsyn hyvin erityiseen paikkaan, beibi."

Ikään kuin paljastaessaan arvokkaan lahjan, hän siirsi kätensä sävyisen pakaransa keskelle ja jakoi kermanvalkoisen pakaransa. Siellä oli Dickin katselun iloksi hänen herkkä tähtensä. Päivän valossa hän pystyi helposti arvostamaan jokaista laskosta, joka muodosti hänen nimettömän sisäänkäynninsä. Hieman tummempi kuin hänen muu ihonsa, sävy antoi hänelle melkein eksoottisen ilmeen. Kaiken kaikkiaan se oli erittäin houkutteleva kohde, eikä hän koskaan kyllästynyt osumaan siihen.

Samantha tulkitsi tauon väärin ja puhui rohkaisevia sanoja:

"Tule, kulta. Tiedät mitä tehdä. Laita suusi perseelleni."

Iloisesti Dick puristi huuliaan ja painoi ne Samanthan peräaukkoa vasten, joka nyt vapisi odotuksesta. Hellästi hän naposteli, imeskeli ja suuteli häntä pienen ympyrän ympäri, mikä sai vaimonsa pehmeiksi voihkiksi. Hän ei ollut amatööri, hän tiesi tarkalleen kuinka käsitellä ryppyistä ihoa hänen takaoven ympärillä.

Samantha oli ikuisesti hämmästynyt nautinnosta, jonka hän koki anaalistimulaation aikana. Hänen mielestään se osoitti, että anaaliseksiä oli luonnollinen seksuaalinen teko, että se ei ansainnut tabunsa. Ennen pitkää hänen suussaan sulava hieno tunne hänen aukkoaan vasten sai hänet valmiiksi ja kaipaamaan lisää.

"Vauva... ole kiltti! Liu'uta kielesi perseeseeni ja saa minut kumartamaan." hän voihki.

Hänen ei tarvinnut sanoa sitä kahdesti. Dick oli erittäin antelias rakastaja ja hän toivoi saavansa hänet äärimmilleen. Hän ojensi kielensä ja jäykisti sitä niin paljon kuin pystyi, ennen kuin tunkeutui asianmukaisesti vaimonsa röyhkeästi tarjoamaan reikään.

Auttaakseen Samantha laski hitaasti vartaloaan, kunnes hänen kielensä tuskin kurkisi nautintopaikan kireästä sisäänkäynnistä. Polttava lämpö hänen herkässä reunassaan vaikutti häneen niin syvästi, että se vei hetkeksi hänen hengityksensä. Haluten täydellistä tunkeutumista Samantha aloitti viimeisen laskeutumisensa hänen suuhunsa.

"Vittu kulta. Se tuntuu niin hyvältä! Oooooh!" Samantha alkoi liikuttaa persettä hänen säälimättömällä kielellään.

Dick otti vastaan hänen ilmeiset vihjeensä ja meni maistamaan. Hitaasti mutta varmasti hänen kielensä saavutti maksimaalisen intiimin kontaktin. Kuten tavallista, hänen ulkoinen sulkijalihaksensa hyväksyi hänen tunkeutumisensa alkuvastuksen jälkeen. Ylitettyään tuon esteen hän työntyi eteenpäin tarpeeksi syvälle ylittääkseen hänen joustavimman sisäisen sulkijalihaksen.

"Aaahhhh! Kulta! Ole hyvä! Tee minusta kumarrus!"

Vaikka Dickin kieli oli huomattavasti pienempi kuin hänen kukkonsa, se kompensoi kokoeron hänen kätevyytensä kanssa. Hän vuorotellen pyöritti kieltään ja työnsi sisään ja ulos hänen yksityisimmästä paikastaan. Ei kiirettä, hän oli iloinen voidessaan tyydyttää naisen tarpeen. Hänen leukaansa kerääntyvän pillumehun määrästä päätellen hän tiesi, että hän koittaisi pian huipentumansa.

Kun Dick työsti taikuuttaan hänen peppussaan, Samantha oli vierellään. Hän oli odottanut tätä hetkeä hieman kärsimättömänä koko päivän. Hänen aistilliset huulensa ja lahjakkaan kielensä tunteminen intiimillä alueella lähetti helpotuksen aallon hänen ruumiinsa läpi. Samaan aikaan lisääntynyt seksuaalinen jännitys oli räjähdysmäisen partaalla. Se oli mielenkiintoinen kontrasti, josta hän nautti.

Vietettyään useita minuutteja hoitaakseen Samanthan lihallisia haluja, Dick tunsi hänen asentonsa muuttuvan. Hän kumarsi selkänsä ja alkoi hitaasti liikkua ylös ja alas hänen kasvojensa yli pitäen silti pakaroitaan auki hänen kielensä puolesta. Hän oli lähellä saapumista, ja hän valmistautui siihen, mitä oli tulossa seuraavaksi.

Yhtäkkiä hän jäykistyi. Yrittäessään epätoivoisesti löytää tukea hän siirsi kätensä hänen rintaansa vasten jättäen hänen kasvonsa onneksi pienten pakaroidensa väliin. Hän pystyi tuskin hengittämään, ja hän työnsi rohkeasti eteenpäin.

Aika tuntui pysähtyvän, kun Samantha syöksyi alas orgasmiselta kalliolta. Se, mikä alkoi pienestä kipinästä, joka sijaitsee hänen peräaukon keskellä, levisi pian villinä tulena koko hänen kehoonsa. Siinä sekunnin murto-osassa jokainen hänen lantionsa lihas alkoi supistua ja rentoutua rytmisesti, kuten siunattu vapautus vaati häntä.

"Oohhh luoja!" Hän ulvoi keuhkoihinsa, hänen päänsä painuneena takaisin hurmioituneeseen.

Muutaman sekunnin kuluttua Samantha ontui ja putosi eteenpäin Dickin vatsalle vetäen hänen takapuolensa pois hänen kasvoistaan. Mumiseen hän vaikutti hetkellisesti epäjohdonmukaiselta, mutta onnistui liikkumaan ja pysymään hänen vierellään päänsä hänen rintakehässään. Hän silitti häntä, hän kehräsi kuin tyytyväinen seksikissanpentu.

Susan, jo rennompi, mutisi lopulta:

"Beibi, se tuntui mahtavalta. Voit puhua nyt, jos haluat.

"Ei. Olen kunnossa", oli hänen ylimielinen vastaus.

Hän katsoi hänen kasvojaan, hän naurahti,

"Todellako? Eikö sinulla ole mitään sanottavaa?"

Hänen ainoa vastauksensa oli pudistaa päätään hämmentyneellä ilmeellä. Joskus sanat eivät vain olleet tarpeellisia.

Hyväksyessään Dickin hiljaisuusvalan Samanthan keskittyminen muuttui äkillisesti, kun hän huomasi hänen kukkonsa heiluvan ylpeänä hänen reisiensä välissä. Tyylikkäästi peitettynä precum-pisaralla, se kutsui häntä seksuaalisella tasolla. Vaikka hän oli uupunut viimeaikaisen huipentumansa voimasta, hän tarvitsi hänen kukkonsa perseeseensä ja hän tyytyisi vähempään. Kiistattoman halunsa kannustamana hän ojensi kätensä ja tarttui hänen sykkivään mieheyteen molemmin käsin.

"Hmmm, puhut pian", hän vastasi luottavaisesti silitessään hänen kaluaan ja täyttäessään sen syljellä.

Yleensä Samantha ei ollut huipulla olemisen fani ja mieluummin absorboi Dickin miesvoiman voiman yhdynnän aikana. Hän ymmärsi, että tämä oli hänen hallitseva hetki loistaa, ja hän päätti asennon, joka antaisi Dickille parhaan näkymän. Riisuttuaan kenkänsä hän liukui eteenpäin ja kyykkyi tuijottaen hänen jalkojaan. Tasapainotellen polvillaan hänen perseensä leijui kiehtovasti hänen erektionsa päällä.

Samantha tarvitsi todellista peräaukon tyydytystä, ja nyt oli sen aika.

"Valmistaudu, kulta. Aion raiskata kukkosi perseelläni", hän kuiskasi himosta sävytetyllä äänellä.

Kurottautuessaan taakseen hän tarttui hänen kaluonsa oikealla kädellään ja veti toisella vasenta pakaraan sivulle. Hän kohdistai hänen miehekkyytensä tarkasti nälkäistä aukkoaan vasten ja hieroi hänen päätään sisäänkäynnissä. Hänen syljensä ja hänen syljensä yhdistelmä oli tehokas voiteluaine, ja hän tiesi kokemuksesta, että se riittäisi helpottamaan hänen kulkuaan.

Dick tunsi puristin, kun hänen kalunsa työnsi ulos. Hän jatkoi sen asentamista varovasti, kunnes istui täysin takasisäänkäynnin luona. Vaikka Dick oli kaukana ensimmäisestä peräaukon kokemuksestaan, hän arvosti silti Samanthan persettä, kun se kietoi hänen kukkonsa. Hän ei koskaan väsynyt voimakkaaseen mielikuvaan, vaan toivoi vain, että hän voisi saavuttaa hänen näkökulmansa.

Hän tarttui tiukasti hänen lämpimään lihaansa ja kaipasi makeaa kitkaa, joka johtui etenemisestä hurjasti sisään ja ulos kapeasta kanavasta. Mutta toistaiseksi hän tyytyi antamaan Samanthan ajaa ja käyttää aikaa.

Valittuaan koko asennus- ja säätöjakson ajan Samantha puhui lopulta suurella ylpeydellä:

"Vauva katso! Työnsin sinut syvälle perseeseeni, yksin!"

Dickin paksun jäsenen läsnäolo hänen takamuksessaan laittoi Samanthan aina kiertoradalle, sillä hänen herkän kudoksensa venytys oli melkein riittävä saamaan orgasmin. Nirvanan reunalla oleminen ei kuitenkaan ollut yhtä hyvä kuin päästä sinne. Töitä oli vielä tehtävänä.

Asettamalla molemmat kädet hänen reisilleen ja kaareutuneena selkäänsä hän valmistautui viimeiselle kierrokselle.

Hän alkoi nousta ja laskea hänen kovalla pituudellaan päättäväisesti. Aluksi se oli tarkoituksellista, mutta yritettiin sopeutua kohtuulliseen tahtiin. Yrittäessään nostaa vauhtia hän huomasi, että se oli melkoinen haaste ilman Dickin apua. Suloisesti hän onnistui siirtymään tunteeseensa siirtämättä hänen kukkoaan. Mutta pian kävi selväksi, että hänen pieni kasvunsa teki mahdottomaksi saavuttaa haluttua rangaistusta.

Useiden minuuttien Samanthan ponnistelujen jälkeen Dickin epätoivo muuttui sietämättömäksi. Vaikka hän nautti tästä alkuruoasta, hänen kukkonsa oli ahne pääruoaksi. Silti hän pidätteli itsensä ja odotti, että nainen antaisi todistuksen hänelle.

"Vauva, minä... tämä... on... vaikeaa", hän myönsi lopulta pystymättä tulemaan toimeen oman perseensä kanssa.

Dick oli enemmän kuin valmis ottamaan takaisin hallitsevan valtion aseman. Samanthan seuraavan laskun aikana hän liikutti yllättäen lantiotaan. Tämän seurauksena Samantha kaatui taaksepäin, kun hän oli edelleen kalussaan. Laskeutuessaan selkä hänen rintaansa vasten hän yritti eikä pystynyt suoriutumaan. Dick odotti hänen liikkuessaan muutaman sekunnin varmistaakseen, että hän oli vakaasti paikallaan.

"Kerro nyt minulle, Pikkuinen, kuka on vastuussa", hän kuiskasi.

Avustuksesta helpottuneena Samanthan pyyntö oli yksinkertainen: "Jumalan rakkaudesta, tee minut vain irti, kulta."

Dick päästi lopulta irti hänen tarvitsevasta perseestään, kun hän oli tyytyväinen hänen asemaansa. Hän hyppäsi kuin bronco ja löi häntä kiivaasti alhaalta, kun tämä piti lantiotaan hieman hänen yläpuolellaan. Hänen huutonsa, valituksensa ja pyyntönsä "LISÄÄ" olivat kuin musiikkia hänen korvilleen. Hänen vaimonsa todella rakasti anaaliseksiä... siitä hän oli varma.

Nyt kun Dick antoi hänelle, mitä hän niin kipeästi tarvitsi, Samantha oli taivaassa. Huolimatta heidän suhteellisesta asemastaan hän antoi mielellään hänen lunastaa ruumiinsa ja teki siitä oman. Suuri ja voimakas, hänen kukkonsa vaikutti häneen tavalla, jota hänen kielensä ei voinut, ja syvyydet, joihin hän upposi hänen sisäseinänsä, valmisteli hänet pian uuteen huippukohtaan. Kun hän kuuli hänen murisevan, kun hän löysi mielihyvän hänen takamuksestaan, Samantha työnsi lopulta äärirajaan.

"Ole kiltti! Älä lopeta!" Hän pyysi.

Tuntuaan vaimonsa jyrkänteellä Dick palkittiin pian hänen kiihkeistä ponnisteluistaan. Kun hän lopulta antautui, hänen perse puristi hänen kukkonsa yli-inhimillisellä voimalla. Kun hänen rytmisensä supistukset alkoivat, hän antoi hyvin ansaitun orgasmin vallata kehonsa. Hänen siemenensä virta toisensa jälkeen purskahti hänen kovaan himoon, kun hän huusi hänen nimeään himokas mielihyvä.

Samanthalla oli jo kehon kouristuksen huipulla, kun hän kutsui häntä nimellä. Ei ollut suurempaa palkintoa kuin saada Dick saamaan orgasmin toisen kanssa, ja hän menestyi tästä seksuaalisesta kiireestä. Vaistollisesti hän tarttui hänen lantioonsa kuin ankkuri, kun heidän ruumiinsa vapisi yhteen ääneen.

Samantha kaatui hänen päälleen selvitettyään seksuaalisen tsunamin. Hän haputeli useita sekunteja ennen kuin yritti irrottaa yhteyden seksuaalisen tyydytyksensä lähteestä. Täydellinen "Dirty Girl" nautti hänen cum perseensä ja halusi pelastaa mitä hän pystyi. Yllättäen hän onnistui nousemaan ylös ja kääntämään kaiken yhdellä liikkeellä levittäen vartalonsa pituutta. Tyytyväinen Dick antoi itsensä rentoutua, vaikka käsiraudat hillitsivätkin häntä.

Kuunnellessaan hänen hidasta sykeään Samantha aisti, että tämä saattoi nukkua ja päätti, että hän voisi vapauttaa iltapäivän seksilelunsa.

Lyhyesti sanottuna hän mietti, koskisiko hän kostoa. Hän odotti sitä koko sydämestään...

Vain aika näyttää.

LÖYTÄÄ TAKASISÄÄNKÄYNNIN

Huhkaisin ja pyöräilin sängylle.

Verhojen läpi tuleva himmeä valo kertoi minulle, että hän oli nukkunut hieman tavallista myöhemmin.

Huokaisin ja vedin kannet lähemmäs.

Tunsin tyttöystäväni siirtyvän hieman vierelläni, hänen paljas perse painautuneena jalkaani vasten.

Muistot edellisestä illasta alkoivat palata aamun sumun läpi.

Olimme olleet ulkona ystävien kanssa kaupungissa, viettäneet hiljaista iltaa päivälliselle ja juttelemaan.

Cinthya, tyttöystäväni, oli voittanut kolikonheiton aiemmin illalla, joten olin tällä kertaa nimetty kuljettaja.

Kun jätimme ystävämme ja kävelimme takaisin autolle, hän kompastui hieman ja pidin häntä pystyssä, jotta hän ei putoaisi.

Käytin tilaisuutta hyväkseni livahtaa ulos suudelmalla ja tarttua hänen kauniiseen perseeseensä, jolloin hän huusi ja löi minua leikkisästi.

"Anteeksi, en voinut vastustaa", sanoin silmää silmää, kun hän siirtyi takaisin syliini.

Hän nauroi ja liukui kätensä haaroihini ja taputti sitä hellästi.

"En minäkään voinut", hän naurahti.

Minäkin nauroin ja autin hänet ovelle kumartaen dramaattisesti hänen astuessaan autoon.

Ennen kuin suljin oven, seisoin hänen edessään ja kysyin häneltä, eikö hän vieläkään voinut vastustaa.

Nauraen hän kurkotti ja hieroi haaraani uudelleen, hitaammin ja varmasti vähemmän leikkisästi kuin ensimmäisellä kerralla.

Tunsin olevani hieman kovempi, mutta tiesin, että meillä oli puolen tunnin ajomatka edessäni, peräänin ja suljin oven.

Kun ajoimme takaisin kotiini, keskustelimme illastamme, ja keskustelu kääntyi Cinthyan ystävään Julyen, joka oli äskettäin eronnut pitkäaikaisesta poikaystävästään.

July oli pukeutunut hyvin paljastavaan T-paitaan ja Cinthya sanoi hymyillen huomaneensa hänen tutkineen häntä pari kertaa.

Yritin väittää, että en ollut, mutta turhaan, olin syyllinen syytettynä.

Cinthya sanoi, että se oli hyvä ja että olisi vaikea olla tarkistamatta häntä, koska hänen tissinsä olivat kaikkien nähtävillä.

"Ja karkeasta puheen ollen..." hän kiusasi, kun hänen kätensä jälleen hieroi haaraani. "Onko tämä heinäkuun ajattelua varten?" Hän kysyi, kun hän hieroi kämmenään pitkin jäykkää kaluani.

"Ei, ajattelin vain saada sinut kotiin ja nukkumaan", sanoin ja kurkoin nopeasti hänen rintaansa tarttuakseni siihen oikealla kädelläni.

Hän huusi ja puristi kukkoani farkkujeni läpi.

"Olen pahoillani, että et halua odottaa, kunnes pääset kotiin", hän sanoi hieroen minua.

Hänen kätensä liikkuivat vetoketjulleni, kun hän kuiskasi "Ehkä meidän pitäisi nähdä, mitä munaasi ajattelee..." Cinthya avasi housuni vetoketjun ja veti vähän ponnisteluilla munani ulos alusvaatteistani.

"Ahhh, siellä se on", hän sanoi silitessään kivikovaa jäsentäni. "En usko, että hän voi odottaa, kunnes pääsemme kotiin", hän vitsaili. "Luulen, että hän haluaa pelata juuri nyt."

Tällä hän kumartui alas ja lepäsi päänsä syliini ja juoksi hitaasti kielellään kaluni yli.

Voihkaisin ja puristin pyörää, kun hän kiusoitti minua.

Hänellä ei ollut koskaan ollut munaa suussaan ajaessaan tiellä, ja hän oli innostunut tarkistamaan tämän bucket-listastaan.

Hän liukui suunsa kalulleni ja pyöritteli kieltään sen ympärillä.

Voihkien hän alkoi liikuttaa päätään ylös ja alas, hänen kuuma suunsa teki minut hulluksi.

Voihkaisin ääneen ja siirsin käteni hänen päänsä takaosaan, tietäen, että hän rakasti hiustensa vetämistä, kun hän imi hänen kukkoaan.

Naurava ääni täytti auton, kun hän jatkoi imemistäni, mutta otin jokaisen energiani keskittymään saamaan meidät turvallisesti kotiin.

Hän veti suunsa irti kukkostani ja voihki "Maistut niin vitun hyvältä" ennen kuin imi sen takaisin.

Tiesin, että olin tulossa lähelle orgasmia, joten sanoin hänelle, että hänen olisi parempi hidastaa vauhtia, mutta se sai hänet jättämään minut huomiotta, kun hänen päänsä alkoi keinutella kukkoani vielä nopeammin.

Olimme lähestymässä stop-merkkiä, eikä autoja ollut näkyvissä, joten vetäydyin sivuun, tartuin hänen hiuksiinsa tiukasti ja kaadin hänen suuhunsa.

Cinthya voihki, kun hän tunsi kumin roiskuvan suuhunsa yhä uudelleen ja uudelleen.

En muistanut, milloin viimeksi olisin tullut niin kovaa ja niin kovaa.

Hän nousi hitaasti istumaan ja katsoi silmiini nielessään jokaisen suuhunsa pisaran.

"Vie minut kotiin", hän vaati, kun huomasin hänen sormensa pujahtaneen hänen hameensa ylös ja tekemässä ylimääräistä työtä hänen pikkuhousunsa alla.

* * *

Heräsin ajatuksistani, kun Cinthya kääntyi ympäri ja huomasi, että silittelin hajamielisesti nyt jyskyttävää erektiota, kun olin elänyt viime yön muistoja päässäni.

Hän venytti ja haukotteli ennen kuin käpertyi kylkelleni, hänen kätensä liikkuen alas siirtääkseen käteni pois kalustani.

"Se on minun", hän sanoi, kun hänen sormensa koskettivat minua kevyesti.

"Kaikki sinun", sanoin ja näytin, että pidin käteni poissa hänen hallustaan.

Hän alkoi hitaasti laskeutua sängylle ja vetää lakanat ja peitot pois minulta liikkuessaan.

"Helvetti joo, kaikki minun", hän voihki suutellessaan vatsaani alas ennen kuin suuteli kevyesti kaluni päätä.

Toinen suudelma johti toiseen pieneen suudelmaan, ja pian hänellä oli koko kaluni taas suussaan.

Hän tiesi, kuinka paljon nautin herättämisestäni suihin, mutta eilisen illan jälkeen halusin hänenkin nauttivan hieman.

"Hae se kuuma pikku kissa, joka sinulla on täältä", pyysin kun kurkottelin hänen jalkojaan.

"Et ole ainoa, jolla on nälkä tänä aamuna", kiusoitin.

Pyörittämällä silmiään huonosta vitsistäni hän käänsi jalkansa ja pian olimme klassisessa 69-asennossa.

Niin paljon kuin rakastin kaluni tuntemista hänen kuumassa, märässä suussaan, nautin hänen hämmästyttävän pienen pillunsa kanssa leikkimisestä vieläkin enemmän.

Liukuin hitaasti kielelläni hänen huuliaan pitkin, mikä sai Cinthyalta huokauksen, kun hänen suunsa liikkui hitaasti ylös ja alas kukkoani.

Hänen sormensa leikkivät palloillani hyvin kevyesti, ja silloin tällöin hän otti kaluni pois suustaan, hyväili minua ja käski minun syödä hänen pilluaan.

Liikutin käsiäni hänen jalkojensa ympärillä, jotta voisin liu'uttaa sormeni hänen märkään kusipäähän nyt ja hän työnsi minua vasten yrittäen naida itseään sormiini parhaansa mukaan.

Kun sormi oli vitun häntä hetken, liu'utin kieleni taaksepäin ja hieroin sitä hänen pienen klitoonsa yli.

"Mmmmm, vittu joo", hän kuiskasi hyväillen häntä entisestään.

Liu'utin sormeni takaisin hänen sisäänsä ja toisella kädelläni löitin hänen kaunista persettä.

"HIT KYLLÄ" hän voihki, kun hän löi häntä uudelleen.

Kun silittelin hänen pilluaan pitkillä, hitailla vedoilla, toinen käteni puristi hänen persettä, levittäen hänen pakaroitaan ja sain nähdä hänen pienen peräaukkonsa.

Hymyillen liu'utin sormeani hänen emättimeänsä pitkin, peittäen sen mehuilla ja liu'uttamalla sen sitten alas hänen tiukkaan reikään.

Hieroin varovasti hänen persettä painaen sormeani hitaasti sitä vasten.

Toinen käteni jatkoi työskentelyä hänen kuumassa, märässä pillussaan ja ulos, kun leikin hänen tiukalla takareiällä.

Pian keräsin rohkeutta painaa hieman kovemmin hänen peräaukkoaan ja sormenpääni osui hänen pohjaansa ensimmäistä kertaa.

Pidin sitä siellä, liukasin kieleni alas hänen kuseelleen, nuolin ja sormin hänen persettä vielä hieman, työntäen ja hieroen häntä vasten hitaasti.

Liu'utin sormeni hänen pilluansa ja aloin leikkiä hänen klitillään, jolloin hän voihki ja työnsi minua vasten.

Seurauksena sormeni hänen perseessä liukastui ensimmäisen rystyksen ohi, ohi sen, mitä olin suunnitellut meneväni.

Laitoin sormeni takaisin hänen pilluansa ja jatkoin vitun häntä, toinen sormeni jäi edelleen hänen tiukkaan perseeseensä.

Silloin tajusin, että hän ei enää imenyt munaa, vaan käänsi päätään yrittääkseen katsoa minua.

Hänen lantionsa heiluivat hieman ja hän voihki.

"Mitä sinä teet?"

Minä änkytin, että nautin hänen pilluistaan, mutta hän kysyi minulta:

"Kosketteko peppuani?"

Minun oli myönnettävä, että olin ja aloin pyytää anteeksi, mutta ennen kuin pystyin jatkamaan, kuulin hänen voihkivan "se on niin likainen" ja hänen lantionsa alkoivat liikkua hieman kovemmin, "helvetin likainen, koskettaa persettäni".

"Pitäisikö minun lopettaa?" kysyin häneltä

"Ei vittu, tee siitä vaikeampaa", hän voihki, kun hänen suunsa putosi takaisin kalulleni.

Painoin sormeani tiukemmin häntä vasten ja palkittiin äänekkäällä voihkauksella.

Lopetin leikkimisen hänen pillunsa kanssa ja keskityin hänen perseeseensä.

Ojensin käteni yöpöydälle ja haparoin sokeasti, kunnes löysin etsimäni liukastepullon.

Liudotin sormeni hänen perseeltä, mikä sai hänet voihkimaan.

Sitten kaadoin voiteluainetta sormelleni ja aloin hieroa tiukkaa pientä reikää voiteluaineella ennen kuin painan sormeani uudelleen.

Hän hengitti terävästi sisään ja painoi perseensä minua vasten ja pyysi minua jatkamaan leikkiä hänen likaisella persellään.

Liukuvoiteen avulla se helpotti liukumista hänen perseeseensä, ja pian minulla oli sormeni syvällä hänen aiemmin neitseellisessä perseessä.

Kun työnsin sormeani sisään ja ulos, hän voihki kovemmin kuin olin koskaan ennen kuullut, hänen lantionsa keinuivat voimakkaasti minua vasten yrittäen tunkeutua hänen jokaisen sentin tuumaan.

"Mietin kuinka hyvältä munastasi tuntuisi siellä", hän voihki ja katsoi minua.

Kysyin häneltä, oliko hän tosissani, ja hän käytännössä huusi minulle, että naida persettäni nyt.

Hän kääntyi pois minusta ja odotti sängyllä nelijalkain.

Kaadoin lisää voiteluainetta kukkooni ja silittelin sitä valmistaen sen täyttämään tyttöystäväni tiukan reiän.

"Vitut perseeni, vittu perseeni", hän kuiskasi lantionsa heiluessa puolelta toiselle.

Liikuin hänen taakseen ja pidin kiinni kukkostani painaen päätäni hänen rypistynyttä reikää vasten.

Painoin hitaasti ja pian kärki liukui hänen sisäänsä, hänen valituksensa kaikuen huoneen seiniltä.

Työnsin varovasti kaluni hänen perseeseensä, hänen valituksensa kovempi kuin menin.

Pian minulla oli koko kalu haudattu hänen perseeseensä, käteni tarttuivat hänen lantioonsa kun nojauduin eteenpäin ja kysyin, miltä hänestä tuntuu.

"Vittu se tuntuu niin hyvältä", hän murahti. "Nyt vittu perseeni, vittu perseeni vauva", hän sanoi.

Liukuin hitaasti kukkoani taaksepäin ennen kuin syöksyin takaisin häneen, jolloin hän ulvoi ilosta.

Tilanteen kuumuus sai minut hulluksi ja ennen kuin tajusinkaan, olin valmis räjähtämään.

Sanoin hänelle, että olin melkein perillä, ja hän voihki "cum sisälläni, täytä perseeni kuumalla cumillasi!"

Tartuin hänen lantioonsa tiukasti ja syöksyin kaluni hänen perseeseensä hautaen sen syvälle hänen sisäänsä huipentuessani.

Jokaisella purkautumisellani saatoin tuntea hänen kehon kouristuksensa, kunnes täytin hänen perseensä maidollani.

Hän hautasi kasvonsa tyynyyn ja voihki uudestaan ja uudestaan, kun kukkoni liukui ulos hänen hyvin perseestä.

Käännyin selälleni hänen viereensä vetäen henkeäni.

Hän pysyi nelijalkain huohotellen.

Hän käänsi päänsä minua kohti ja sanoi hymyillen "Otetaan se muna kovaksi heti kun pystymme, tarvitsen heti uuden vitun."

RISKIALTISTA TAKAISIN VETOA

LUKU I

Tequilaa, misteli ja elämäni typerin päätös.

Siitä oli kymmenen kuukautta, mutta en silti voinut katsoa Jeremy Cartwrightin silmiin.

Ja se raivostuttaa minua.

Ei vain tyhmän, tyhmän joulujuhlaseksin takia, jota katuin koko olemuksestani, vaan koska kokouksen jälkeen olin juuri todella kestänyt, halusin todella katsoa sitä juuri nyt.

Ja en voinut, koska aina kun katsoin häntä, ajattelin häntä... kun jätin hänet...

Voi mitä en tekisi maagiselle aivomehupuristimelle.

Uskalsin katsoa lyhyen katseen pöydän yli.

Hän hymyili minulle.

Paskiainen.

Hän ei muistanut, milloin Jeremy olisi viimeksi tehnyt maalin.

Joten miksi hän hymyili minulle pöydän toisella puolella, vaikka hänen olisi pitänyt olla nolostunut?

Koska miehellä ei ollut häpeää.

Taidon puute ei estänyt häntä, ei, Jeremy oli vain laiska.

Laiskiainen.

Hän oli noussut riveissä viehätysvoiman, hyvän ulkonäön ja nollasisällön ansiosta.

Ihmisenä, joka oli taistellut kynsin ja hampain jokaisesta ylennyksestä ja jokaisesta yrityksen tikkaiden askelmasta, hänen vaivaton ylennyksensä saivat minut täysin hulluksi.

Etelän hyvän pojan asennon hän oli voittanut kaikki paitsi minä.

Se oli varmasti toiminut itäisen divisioonan joukkueen uuden managerin Lucy Sanderin kanssa.

Lucy, joka oli juuri syyttänyt minua siitä, etten ollut joukkuepelaaja, hänen takiaan.

Minä, Nancy Harrison, en ole joukkuepelaaja.

Enkö ole joukkuepelaaja?

Olen sanakirjan määritelmä joukkuepelaajasta.

Tein kaiken joukkueen eteen.

Annoin kaikkeni, veren, hien, kyyneleet ja kaikki muut tyhmät kliseet.

Kysyin vain, pitäisikö meidän alkaa ottaa yksilölliset tavoitteet huomioon neljännesvuosittaisissa bonuksissa.

Hänen ilmeensä perusteella hän olisi yhtä hyvin voinut ehdottaa tukkupentuteurastusta.

Se ei ollut vain Lucy, joka reagoi huonosti; he kaikki katsoivat minua kuin olisin Cruella De Ville.

Kaikki luulivat, että hänellä oli jonkinlainen paha agenda bonusrakenteen uudelleen konfiguroimiseksi.

En yrittänyt saada ketään ulos siteestä.

Kaikki olivat täysin menettäneet sanomani merkityksen.

Rakastin työskentelyä Williams Resource Recoveryssä.

Tulin yritykseen heti yliopistosta, kun se oli vasta start-up suhteellisen uudella ympäristöresurssien hyödyntämisen ja päästöjen vähentämisen konsultoinnin alalla.

Elin yrityksen ja sen ihanteiden, erityisesti sen osallistavan johtamispolitiikan puolesta.

Hän kannatti vahvasti osuuskunnan edistämistä kilpailullisen yritysympäristön sijaan.

En halunnut täysin rikkoa kollektiivisten tavoitteiden henkeä.

Halusin vain, halusin vain... halusin...

Rangaistaakseen laiskaa Jeremy Cartwrightia.

Sitä minä halusin.

"Mikä sinun ongelmasi on?" Sihisin hänelle pöydän toisella puolella vihaten tapaa, jolla kuulostin, kuin joltain dementoituneelta pätkältä.

En ole tällainen, tämä vihainen ja katkera ihminen, se johtui hänestä, vain hänestä, joka sai minut toimimaan tällä tavalla.

Hän nauroi.

Hän nauroi pehmeästi, aivan kuin se olisi jotenkin hauskaa, mikä sai minut vain vihaamaan häntä enemmän.

Olimme viimeiset, jotka jäivät kokoushuoneeseen.

Olin jäänyt, koska jos en olisi käytännössä liimannut peppuani istuimeen, tarttuen tuolin käsivarsiin, olisin ryntänyt ulos huoneesta uran päättävässä kiukkuisessa.

En noussut tuolistani ennen kuin jalkani eivät enää vapise Jeremy Cartwrightin aiheuttamasta vihasta.

Kuinka halusinkin ottaa pois hänen tyhmän virnistävän asentonsa, mutta Jeremy oli jäänyt taakseen kiusoittelemaan minua melodisella naurullaan, ikään kuin hän tunsi kuinka lähellä hän oli murtamaan minut.

"Minun ongelmani, kulta? Mikä sinun ongelmasi on? En ole se, joka saa valkoiset rystyt, kun minulla on vaikeuksia kokouksissa."

"Valkoiset rystyset? Minulla ei ole niitä, olen..."

Raivoni hiipui, kun tajusin, että sormeni olivat puutuneet otteen aiheuttamasta verenhukasta.

Otin sormeni irti tuolin käsivarsista, hengitin syvään ja aloitin sisäisen laulun.

Olen rauhallinen.

Olen rauhallinen.

Olen rauhallinen.

Tein melko hyvää työtä rauhoittaakseni itseäni – valkoiset pisteet olivat kadonneet periferisestä näköstäni, enkä enää tuntenut kohonnutta sydämenlyöntiäni otsassani – kun hän alkoi hyräillä.

Tuo rottapaskiainen.

Viime jouluna kappale, joka soi, kun me... kun hän...

Voi luoja, hänen ei pitäisi, hän ei halunnut palata sinne, ei nyt.

Pakotin itseni katsomaan ylös nähdäkseni hänen pahat siniset silmänsä.

Puhuin hitaasti yrittäen estää veressäni kiehuvaa raivoa tunkeutumasta ääneeni:

"Minun ongelmani, Jeremy, on, että et voi saavuttaa yksinkertaista tavoitetta pelastaa laiska, arvoton elämäsi."

"Todella?" hän vetäytyi.

Kutsuin häntä vain laiskaksi ja hyödyttömäksi, eikä miehellä ollut edes säädyllisyyttä kuulostaa hieman ärtyneeltä.

Hän vain kallisti päätään, ikään kuin olisin kertonut hänelle jotain mielenkiintoista.

"Nancy, minä saavutan nuo tavoitteet. Itse asiassa en vain täytä niitä, kulta, vaan ylitän sinun."

En voinut olla vastustamatta kovaa huminaa.

Minun piti vitsailla.

Todellako?

Hän ei ollut mitenkään tosissaan.

Viime vuonna se ei ollut lähelläkään tavoitetta.

"Oikein. Kyllä."

Nojasin pöydän yli ja välitin jokaisen sanan pilkallisesti päätäni pudistaen.

"Unissasi."

Etelän hyvä pojan julkisivu katosi hetkeksi ja pehmeät siniset silmät muuttuivat jäisiksi.

"Haluatko lyödä vetoa jostakin, neiti Harrison?"

Olin yhtäkkiä huolissani, itse asiassa peloissani, missä ei ollut mitään järkeä, koska hänen röyhkeytyksellään ei ollut mahdollisuutta saada minua kiinni, saati jopa ylittää minut.

Tavoitteet oli määrä toimittaa alle kolmessa viikossa.

Mutta jostain syystä hän ei halunnut pelata.

Hän ei halunnut ottaa riskiä saadakseen tietää, mitä tarkoitusta piilee tuossa jäisessä katseessa.

En vastannut.

Päätin olla aikuinen, nousin ylös ja kävelin pöydän ympäri uloskäynnin suuntaan.

Jokaisella askeleella pois minusta tein hänelle selväksi, että olin liian kypsä leikkiä näiden asioiden kanssa.

Nautin kypsyyskortin pelaamisesta, mutta kun törmäsin häntä vastaan, hän ojensi käteni ja otti käteni.

"Oletko peloissasi?" hän haastoi minut pehmeällä eteläisellä vetollaan.

Puristin hänen kättään.

"Joo. Toki. tärisen. Aivan kauhuissani. Ravistelen persettäni."

Käännyin, nojasin takapuoleni häneen ja ravistelin häntä liikkuen kuin ylimääräinen rap-musiikkivideossa.

Suuri virhe minulta.

Hän nauroi.

Ihastuttava huhu, joka epäilemättä sai jokaisen naiskorvan, joka saattoi kuunnella ääntä, huokaisemaan, kaikki paitsi minä.

Hän nousi seisomaan, kumartui lähemmäs, niin lähelle, että hänen karkea leukansa harjasi korvaani ja minun piti taistella väristyksiä vastaan.

Nojaten peppuani vasten hän mutisi:

"Entä jos vetoisimme tuohon perseeseen?"

Käännyin ympäri ja työnsin hänet molemmin käsin hänen rintaansa vasten.

"Että?"

"Vedo on perseessäsi, neiti Harrison. Liian vahva sinulle? Haluatko perääntyä?"

Katsoin kokoushuoneen avoimia ovia varmistaakseni, ettei kukaan ollut kuullut hänen sanojaan, ennen kuin kuiskasin hänelle.

"Vedos menee molempiin suuntiin, kaveri. Oletko valmis kohtaamaan sen tappion, kaunis poika?"

Tuijotin hänen peppuaan, mikä sai hänet taas nauramaan.

"Luulen, että olen melko turvassa sen kanssa", hän sanoi.

Mikä sai minut vihaiseksi.

Naurettavan vihainen.

Tarpeeksi tyhmä ojentamaan käteni ja sanomaan:

"Sait sen kuin nätti poika."

Tyhmä, ei siksi, että luulin voivani voittaa, vaan koska annoin periksi hänen vaatimukseensa ottaa minut mukaan tähän vetoon.

"Rakas, aion pistää sinua ensi viikolla", hän sanoi katsoen ojennettua kättäni, joka syrjäytti minut.

"Se on mitä sinä haluaisit."

Vilkaisin häntä, mikä vain sai hänen virnistyksensä muuttumaan leveäksi virneeksi.

Aioin vetää ulos ojennetun käteni, kun hän otti sen ja veti minut luokseen.

Hän nojautui sisään, suunsa korvaani vasten, santelipuu ja miehen tuoksu palavat hänen mukanaan.

"Voi kulta, me molemmat tiedämme totuuden. Eikö niin?"

Hänen äänensä ääni.

Hänen ihonsa tuoksu.

Hänen kehonsa kuumuus minua vastaan sai minut perääntymään.

Taas pirun Whams kehrää laulussa.

Misteli roikkuu toimiston ovessa.

Rommin ja fondant-kakun maku hänen huulillaan.

Hänen kätensä lämpö löi persettäni.

Pöydän kova puureuna puree lonkkani.

Ääneni huutavan orgasmissa, kerjäämässä lisää.

Sinä yönä.

Sinä typeränä ja piittaamattomana yönä olin kiertänyt sormeni, joka oli märkä omalla mehullani, peräaukoni vasten.

Hän oli kiusannut sitä salaista paikkaa kerta toisensa jälkeen, jokainen veto hieman syvemmälle, kunnes hän oli työntänyt kaiken sisälle.

Hänen syvä äänensä jylisesi korvassani kertoen minulle, että seuraavan kerran kun hän saa minut kiinni, se olisi siellä.

Ravistin muistoa.

Seuraavaa kertaa ei ollut.

Seuraavaa kertaa ei olisi.

Maailmassa ei ollut tarpeeksi tequilaa tuomaan minut takaisin siihen tilanteeseen.

"Olet niin jännittynyt , Nancy. Niin hermostunut. Voin auttaa sinua siinä", hän mutisi laskeessaan kätensä lepäämään takaosani kaaressa.

Lämmön salama iski läpi hänen kosketuksestaan.

Kävelin pois häpeissäni, kuinka märkiä muistot olivat tehneet minusta.

Mitä tällä miehellä oli?

Miten hän saattoi saada minut niin vihaiseksi ja silti haluta hänet?

Olin luopumassa vedosta.

Sanoi hänelle, että tämä kaikki oli yksi suuri typerä virhe, kun hän sillä hetkellä laittoi sormen huulilleni.

"Shh, Nancy, ei ole aikaa puhua, minun on palattava töihin, jos aion voittaa numerosi."

Ja sitten hän oli poissa.

Ei kovin nopeasti.

Edelleen sillä eteläisellä "kaiken maailman ajan" tavalla hän käveli ulos kokoushuoneesta ja takaisin toimistoonsa.

LUKU II

Tracy löysi minut työpöydältäni.

Mistä tiesit sen olevan täällä?

Olin tietoisesti välttänyt ruokasalia siinä turhassa toivossa, että pääsisin eroon tästä keskustelusta, mutta tuntui, että olin tehnyt vain viivyttelemättä väistämätöntä.

"Joten", hän sanoi nojaten pöytäni yli, "sinä näytät Grinchiltä. Kuulen, että yrität varastaa ammattiliittomme."

En vastannut.

Hän istui vierastuolissani kysymättä ja tuli luokseni tuoden mukanaan tupakan ja marihuanan tuoksun.

"Tiedätkö mikä ongelma on, eikö niin?"

Tiesin mihin tämä oli menossa.

Minne se aina meni Tracyn kanssa...

"Sinun täytyy saada se mies pois päästäsi"

... vyön alle.

Tracyn mukaan maailmassa ei ollut veristä asiaa, jota hyvä narttu ei voisi korjata.

Lähi-idän kriisistä huonoon päivään: hän onnistui aina löytämään tavan lyhentää kaiken seksiin.

Huokaisin ja painoin pääni alas koputtaakseni työpöytää.

"Muistuta minua uudelleen, miksi juuri sinä olet paras ystäväni?"

Hän nauroi, suloinen ääni sekoitettuna raspiin, tuote elinikäisestä kiintymyksestä Lucky Striken makuja kohtaan.

"Koska sinun pitäisi lopettaa työsi löytääksesi jonkun muun ja..."

keskeytin ja lopetin hänen lauseensa...

"...Minä tiedän sinusta kaiken, joten enemmän kuin sinä joka tapauksessa."

"Vau. Huh."

Hän silitti päätäni alaspäin.

"Tarvitset hiustenleikkauksen, kulta. Mikset lähde tänään aikaisin? Jumala tietää, että hän on sinulle n tuntia velkaa."

Nousin istumaan ja vedin kädellä hiusteni läpi ja nostin pitkiä otsatukkaani.

"En voi, minä tarvitsen..."

"Sinun täytyy mennä naidaksi. Sinun on leikattava hiukset. Tarvitset elämän. Sitä sinä tarvitset. Maa ei uppoa hiilikaaokseen, koska lähdet yrityksestä vähän aikaisin korjataksesi itsesi."

minä huokasin.

Otsatukkani putosivat jälleen kasvoilleni.

Minä puhalsin sen pois hengittäen ilmaa.

Ehkä hän oli hieman oikeassa, mutta hän tiesi, että olin liian itsepäinen myöntämään sitä.

Katsoimme toisiamme, minä rypistyin hiusverhon läpi ja hän hymyili, se täydellinen kauneuskuningatar hymy.

Hän hymyili minulle valehymyn.

Minä rikki ensin.

Ilman sitä kokousta ja tyhmää Jeremy Cartwrightia, minulla olisi ehkä ollut kestävyyttä pitää katseeni suorana, mutta luovutin.

Se oli hänen vikansa.

Kaikki oli hänen syytään.

"Okei", sanoin.

Tracy nousi seisomaan.

"Tiedän, että olen oikeassa", hän sanoi, kun hänen kauneuskuningatarhymynsä muuttui leveäksi virneeksi.

"En sanonut, että olet oikeassa."

Hän peitti korvansa kädellään ja sanoi:

"Mikä se oli? En kuullut mitään sen jälkeen, kun sanoit minun olevan oikeassa."

Mumisin turhaa "Narttua", kun hän peräntyi.

Hän pysähtyi ovelle ja sanoi olkapäänsä yli:

"Voi, varasin sinulle ajan kello neljälle Dustinin kanssa kampaamossa. Älä myöhästy. Ja tee niin kuin käsketään."

"Mitä? Haluan vain leikkauksen. Ei mitään muuta", huusin, mutta hän oli jo nurkan takana.

LUKU III

Palasin seuraavana päivänä hiukseni leikattuna, värjättynä, kiillotettuna, vahattuna ja melkein neljäsataa dollaria köyhemmät.

Odottamattomista käteiskuluista huolimatta tunsin itseni melko hyvältä, kunnes näin sen.

Hän nojasi toimiston ovenkarmia vasten ja näytti yhdeltä isoista kissoista, joita hän oli nähnyt Discovery Channelilla viime yönä.

Hänen punertavanvaaleiden hiustensa ja saalistava hymynsä ansiosta hänen päänsä oli helppo kuvitella leijonan ylpeyden päänä.

Hän siirsi silmänsä päästäni jalkoihini ja sitten hitaasti ylös katseensa päinvastaisessa suunnassa päätyäkseen taas kasvoilleni.

Se, miten hän katsoi minua, sai minut hermostuneeksi.

Lopetin.

Pysähdyin keskellä käytävää.

En ollut tajunnut jäätyväni kuin tyrmistynyt saalis ennen kuin joku juoksi ohitseni käsivarrella ja minä napsahdin.

Hän nauroi.

Raivostuneena kävelin hänen luokseen ja löin hänen rintaansa.

Hän otti hänet kiinni pitäen häntä tiukasti.

"Että?" hän sanoi ärsyttävällä väärällä viattomuudella.

Huuhdin, vedin käteni hänen irti ja työnsin hänen ohitseen jatkaakseni toimistoani ja pudotin laukkuni pöydälle.

Annabelle, nainen, jonka kanssa olin jakanut toimiston viimeiset kaksi vuotta, oli äitiyslomalla, joten minulla oli toimisto itselleni.

Pidin siitä niin.

Hän ei todellakaan ollut tyttö, joka piti yhteisestä tilasta.

Ja täydellisessä maailmassa minulla olisi toimisto itselleni nurkassa.

Jeremy käveli sisään kysymättä ja asettui tiukkaan perseensä Annabellen pöydälle.

Jätin hänet huomioimatta, käynnistin tietokoneen ja selasin sähköpostini kuin hän ei olisi ollut toimistossa.

Hän selästi kurkkuaan.

Pidin katseeni kiinni näytössä.

Hän nauroi ja tunsin vihaisen pulssin alkavan lyödä otsassani.

"Näytät ihanalta kulta."

Käännyin katsomaan häntä.

Olin silloin imarreltu, odotinko minun nyt kiittävän sinua jostain?

Vähän epätodennäköistä, että tapahtuu.

"Tiedän", sanoin muraten.

Hymyillen hän astui eteenpäin nojatakseen pöytääni.

Hän työnsi paperit pois pöydältä ja nojasi sitä vasten kyynärpäillään.

ylimielinen paskiainen

Vilkaisin häntä.

Hän kumartui lähemmäs minua.

"Tracy kertoi minulle, että lähdit aikaisin eilen käymään kauneussalonkiin."

nyökkäsin .

Hän ojensi kätensä ja nyökkäsi kiharasta hiuksistani.

"Korjasit hiuksesi."

Nyökkäsin taas.

"Mitään muuta?"

Työnsin pois pöydältä ja käänsin tuolini poispäin hänestä.

Tuoksunsa perusteella.

Hänen läsnäolollaan.

Hänen silmänsä liukuivat pitkin vartaloani ja pysähtyivät tarkoituksellisesti jalkojeni risteykseen.

Hänen katseensa oli polttava lämpö, jonka tunsin sykkivän jännittyneiden reisieni välissä.

Minut oli ajeltu.

Enemmän kuin hän odotti, Tracy oli ilmeisesti selittänyt Dustinille joitakin erityispyyntöjä.

Vastustin täyttä parranajoa ja halusin, että pelikenttäni olisi ainakin hieman ruohoinen.

Mistä hän tiesi?

"Tracy", mutisin.

Hän nauroi, työntyi pois pöydältä jaloilleen ja nyökkäsi.

"Kertoiko hän sinulle? Kertoiko hän sinulle vahauksestani?"

En voinut uskoa, että hän tekisi niin!

Miksi hän tekisi niin?

Hän nauroi taas, kovemmin.

Kun hän lopetti, hän sanoi:

"Voi kulta, hän kertoi minulle, että olet käynyt Salonissa. Hän kertoi minulle, että olet vahannut koko itsesi."

Kasvoni muuttuivat punaisiksi kuin paloauto.

"Teitkö sen minulle?" hän kysyi pudistaen päätään.

"Mitä jos tekisin? Mitä jos tekisin?" Minä änkytin: "Oletko tosissasi? Kysytkö sitä minulta tosissasi?"

"Ei. Ei oikeastaan. Tykkään vain leikkiä kanssasi. Sinun on parasta palata töihin. Joten jos otat huomioon, kuinka aikaisin lähdit eilen, sinun on päästävä kiinni tänään."

Hän oli vielä leuat särkynyt kauan hänen lähdön jälkeen.

LUKU IV

Tracy löysi minut sillä tavalla.

"Voi kulta, hiuksesi näyttävät hyvältä päälläsi. Mitä? Mitä?" Hän katsoi olkapäänsä yli. "Mitä sinä katsot?"

Pudistin päätäni.

Hän nyökkäsi ja istuutui Annabellen pöytään.

"Aaah, Jeremy oli täällä, eikö niin?"

"Joo, hän oli. Kusi."

"Miksi vihaat tuota miestä niin paljon?"

"Hän on laiska. Hän ei ole tehnyt mitään sen jälkeen, kun hän tuli tänne. Hän vain näyttää täydelliseltä ja saa kaiken mitä haluaa."

"Oikeasti? Hmmmm."

Tracy kohotti kulmakarvojaan ja kallisti päätään.

"Mitä tuon pitäisi tarkoittaa?" huudahdin.

"Maailma on sinulle mustavalkoinen, eikö? Hyvä ja paha. Ei harmaan sävyjä."

"Täällä ei ole harmaata", sanoin ennakoiden viimeisen vuosineljänneksen raporttia, jonka olin lukenut eilen iltapäivällä. "Tässä on mustavalkoinen, kuka työskentelee ja kuka ei. Jeremy ei ole. Hän ei ole sen jälkeen, kun hän siirtyi Chicagosta viimeksi. vuosi".

Tracy pudisti päätään.

"Joskus, kulta, todellinen tarina ei ole lehdessä. Se on henkilössä."

"Tunnen henkilön", sanoin, "hän on ylimielinen ääliö. Se on henkilö. Katso, minun on tehtävä töitä. Jos sinulla on nyt vain salaperäisiä mielipiteitä Jeremy Cartwrightista, voimme siirtää tämän keskustelun lounaalle... Tai ehkä ei koskaan?

Tracy pudisti päätään uudelleen ennen kuin nyökkäsi nopeasti ja käveli ovelle lähteäkseen.

Hän pysähtyi ovelle, kääntyi ja sanoi:

"Muista, Nancy kultaseni, elämässä on muutakin kuin vain hyvän työn tekemistä. Jeremy Cartwright on ainoa asia, johon olet ollut intohimoinen muussa kuin hiilidioksidipäästöjen vähentämisessä tai presidentin kampanjassa. Haluan sinun ajattelevan sitä. Varmasti se tarkoittaa jotain."

"Se ei tarkoita mitään. Hän ei tarkoita mitään."

Hän kohautti olkapäitään ja sanoi olkapäänsä yli lähtiessään:

"En käske sinua menemään naimisiin sen miehen kanssa. Vituttaa häntä vähän."

Niin vihaiseksi kuin kaikki hänen salaperäiset kommentit Jeremystä olivat saaneet minut, en voinut olla nauramatta hänen vastaukselleen.

Vituttaa häntä vähän.

Olen jo tehnyt sen.

Itse asiassa tällä pöydällä.

Petolliset nännit kovettuivat muistista.

Sammutin takauman ennen kuin se valtasi koko kehoni ja palasin tietokoneen näytölle.

Hänellä oli työtä tehtävänä, ei aikaa Jeremy Cartwrightille.

LUKU V

Tein töitä lounaaseen asti.

Tracy työnsi päätään lyhyesti moittiakseen minua, mutta jätin hänet huomiotta ja jatkoin asioitani.

Vasta kun katsoin ylös tietokoneen näytöltä venyttääkseni särkevää selkääni, tajusin, että käytävän valot olivat sammuneet.

Oli pimeää.

Katsoin kelloani ja näin, että se oli melkein yhdeksän yöllä.

Vatsani murisi vastalauseena.

Työnsin itseni pois pöydältäni, nousin seisomaan ja menin etsimään lähintä myyntiautomaattia.

Hän seisoi myyntiautomaatin edessä yrittäen perustella useiden pakattujen ruokapakettien yhdistämistä ravitseva illallinen, kun hissin ovet avautuivat.

Haistoin sen ennen kuin näin sen.

Thai-ruoka.

Mausteisen limen ja valkosipulin tuoksu leijaili ilmassa, mikä sai minut pyörtymään.

"Pringles illalliseksi?"

"Ja kirjekuori maapähkinöitä", vastasin.

Jeremy nauroi.

"Oikein, koska se tekee kaiken eron."

"Tietenkin käy."

Pitämällä Pringlesiä sanoin:

" Perunat" ja sitten paketit maapähkinöitä, "Siemeniä".

Hän nosti muovipussin ruokaa, jota hän piti vasemmassa kädessään,

"Cartwright on thaimaalainen. Riittää kahdelle. Haluaisitko?"

Pudistin päätäni, kun vatsani huusi noloa murinaa ja sanoi kyllä.

Jeremy katsoi terävästi alas edelleen voikivaan vatsaani, hänen suunsa nurkka nykisi huvittuneena hymynä.

"Okei", sanoin ojentaessani kassin hänen kädestään, "tehdään tämä sitten."

"Tällaisen armollisen hyväksynnän myötä olen enemmän kuin iloinen voidessani noudattaa sitä."

Hän ojensi kätensä eteensä ja kumarsi minua.

"Ole hyvä ja näytä tietä."

Rypisti kulmiani, käännyin kantapäälleni ja suuntasin kohti taukohuonetta.

Hän tarttui kädestäni, sormensa kiristäen ranteeni ympärille.

"Öh", hän sanoi, "toimistossani."

"Koska?"

"Koska se on minun ruokaani ja voin kertoa missä syömme sen."

Halusin kertoa hänelle, minne laittaa ruokansa, mutta ajatus palata Pringlesiin ja maapähkinäillallinen sai minut pidättelemään sanoja.

"Hyvä on", sanoin pudistaen käteni hänen kädestään.

Hän vapautti ranteeni ja nosti kätensä kasvoilleni kevyesti hymyillen.

Hän juoksi sormella otsaani pitkin leukaani ja työnsi sitten irtonaisen hiuksen korvani taakse.

Pidätin hengitystäni, jotta hän ei päästäisi irti.

Hän tuli lähemmäs.

Huokaisin, suljin silmäni, kallistin leukaani ja odotin valmiina suudelmaan, jota ei tullut.

Hän käveli pois.

Tunsin hänen läheisyytensä menettämisen, kun vilunväristykset juoksivat läpi kehoni.

Mikä hölmö!

Mitä ajattelin odottaessani hänen suutelevan minua?

Katsoin ylös odottaen hänen hymyilevän minulle, mutta sen sijaan...

Ilma ryntäsi jälleen keuhkoistani, kun tapasin hänen silmänsä.

Sininen tuli.

Kuumuus valtasi minut.

Halun aalto, joka melkein taivuttaa polviani.

"Tule", hän sanoi.

"Älä viitsi?"

Hän osoitti kädessäni roikkuvaa unohdettua muovipussia.

"Voi, illallinen", sanoin ja nyökkäsin kävellen seuraamaan häntä hänen toimistoonsa.

Hänen toimistonsa oli nurkassa.

Kaksi ikkunaa, joista on upeat näkymät ja ilman jakamista.

Toinen syy, miksi en pidä siitä.

Hän ei sytyttänyt valoa kävellessämme, mikä minusta oli melko outoa.

Hän oli aikeissa sytyttää valoa, kun hän sytytti pöytälampun ja kylpesi huoneen pehmeän keltaisena.

"Okei", sanoin osoittaen vanhaa messinkistä pöytälamppua.

"Isoisäni antoi sen minulle", hän vastasi, kun hän veti tuolin ulos pöydän takaa ja asetti sen vierastuolin viereen. "Voit istua."

Tein sen toivoen, ettei hän olisi siirtänyt tuoliaan niin lähelle minun.

Hänen polvensa törmäsi minuun istuessaan.

Hän kurkoi kassiin ja veti sieltä pienet ruokalaatikot, kaksi vesipulloa ja kaksi hopeaesinettä.

Kaksi?

Otin tarjotut ruokailuvälineet, enkä voinut sille mitään.

En koskaan voinut tehdä sitä.

Vastaamaton uteliaisuus söisi minut.

"Miksi kaksi peliä?" Kysyin häneltä.

"Tiesin, että olet edelleen täällä. Tiesin, että et ollut syönyt."

"Hei!" Protestoin osoittaen Cartwrightin thai-astiaa, jonka olin laittanut polvieni yläpuolelle syliin.

Hän pyöräytti silmiään.

"Aitoa ruokaa. Tiesin, ettet olisi syönyt oikeaa ruokaa."

"Joten", sanoin työntäen suuhuni ylikuormitetun haarukan, joka oli täynnä thaimaalaisia nuudeleita, "miksi sinä välität?"

"Minä välitän", hän sanoi ja kiinnitti nuo siniset silmät minuun.

Olin yhtäkkiä hermostunut.

Joten tein sen, mikä minulle tuli luonnostaan näinä hetkinä.

Aloitin epäjohdonmukaisen turhan tiedon juoruilun:

Ei ole syömäpuikkoja. Tiesitkö sen? Haarukka ja lusikka. Sitä he käyttävät. Yksi harvoista Aasian maista, joka käyttää. Haarukkaa käytetään lusikkaamiseen. Syö lusikka. Sen liittämisen jälkeen..."

Hän ojensi kätensä koskettaen varovasti polveani.

Se hätkähdytti minut ja lopetti hölmöilyni.

"Syö", hän sanoi.

"Okei. Kuten."

Söimme hiljaisuudessa.

Söin enemmän kuin tarvitsin pitääkseni suuni täynnä.

Muuten olisin häivyttänyt kaikki pinnan alla pistelyt kysymykset.

Miksi hän välitti minusta?

Mitä hän halusi minusta?

"Kiitos illallisesta", sanoin ja nielin viimeisen nieleen vettä ennen kuin nousin ylös.

"Ei hätää", hän vastasi koukuttaen kätensä lantioni ympärille ja vetäen minut itseään kohti.

Kompastuin ja levitin jalkani tasapainoon.

Hän työnsi reiden levittäytyneiden jalkojeni väliin ja levisi leveämmäksi, kun hän työnsi minut alas pakottaen minut hajaamaan häntä.

Molemmat kädet liukuivat ylös hameeni vetämällä kangasta, kunnes se yhdistyi lantioni ympärille.

Hänen peukalonsa vaelsivat pitkin sisäreittejäni, kunnes ne harjasivat pikkuhousujeni reunaa.

En voinut sille mitään, keinuin eteenpäin ilmeisessä kutsussa.

Hän naurahti.

Ääni melkein raivostutti minut, mutta hänen hampaansa löysivät nännini.

Paska.

Kuumuus kulki lävitseni, kun nyökkäsin hellästä kärjestä.

Karkea.

Kovaa.

Joo.

Kyllä, sitä minä halusin.

Mitä tarvitsin

Mistä hän tiesi?

Hänen sormensa tarttuivat reisieni pyöreään osaan pureutuen ihoon, kun hänen peukalonsa upposi pikkuhousujeni joustavan reunan alle.

Hän siirtyi alemmas, uppoutuen kosketuksensa luomaan kostean lämmön altaaseen.

Hän työnsi sisään peittäen peukalonsa ja raahasi sen sitten klitiseeni asti.

Paska.

Liukas ja märkä tarpeestani, hänen peukalonsa kosketti klitoosiani tarkasti.

Houkutin hänen käteensä, kaartuin selkääni ja työnsin hänen peukaloaan vasten kehottaen häntä jatkamaan.

"Kerro minulle", hän sanoi, hänen suunsa edelleen nännini päällä, hänen sanansa värisivät ihoani vasten.

"Että?"

"Sano minulle, että haluat tämän... että haluat minun tekevän sen sinulle."

Hänen sanansa lävistivät himon sumun ja toivat minut takaisin todelliseen maailmaan.

Mitä helvettiä hän teki kuumuudessa Jeremy Cartwrightin sylissä?

"Ei!" Oikaisin jalkani maahan ja työnsin ylös.

Nousin hänen sylistään seisomaan hänen edessään.

Hänen kätensä lipsahti housuiltani, kun tein sen.

Laitoin käteni hänen harteilleen tasapainon takaamiseksi ja kiipesin hänen sylistään.

Tasoitin hameeni vapisevin käsin.

Kun se ei enää ollut esillä, sanoin:

"En halua tätä. En halua sinua."

Hän nauroi, ontto ääni.

Hän toi vielä kostean peukalonsa suuhunsa, hidasti kärjen alahuulensa yli ja juoksi sitten kielellään tahran yli.

"Sinä valehtelet", hän sanoi, "sinä tiedät sen. Ja minä tiedän sen."

"Roska. Se ei ole sinä. Siitä on vain vähän aikaa, kun olen tehnyt sen. Olisin voinut reagoida, jos joku olisi tarkistanut sen minulta."

"Kuinka kauan?" kysyi.

Kymmenen kuukautta, ajattelin, mutta vastasin:

"Se ei kuulu sinulle".

"Mene sitten", hän sanoi osoittaen ovea, "Juokse Nancya. Olet turvassa pienissä valheissasi toistaiseksi."

"Mitä sinä nyt tarkoitat?"

Kiroin itseäni, kun vastasin hänelle.

Miksei hän voinut antaa sen olla?

Miksi hänen piti aina tietää?

Hän otti askeleen minua kohti.

"Kun voitan vetomme. Ennen kuin otan tuon perseesi, aion saada sinut myöntämään sen. Myönnä, että rakastat minua."

"Joo? Sinä..." Pysäytin itseni ennen kuin näytin liian typerältä, mutta en voinut olla ottamatta askelta ja lävistää sormen hänen rintaansa.

Hän veti sormeni pois rintastaan ja lukitsi käteni omaansa.

"Sinä rukoilet minua, Nancy Harrison."

"Ei unissasi", sihisin, käännyin pois ja kävelin ulos hänen toimistostaan.

Olin kaksi askelta käytävällä, kun pysähdyin, käännyin ja menin takaisin hänen avoimelle ovelle.

Hän istui pöytänsä ääressä ja katsoi oudosti pöytälamppuaan.

"Kiitos illallisesta."

Hän katsoi ylös ja välähti minulle hymyn, joka, jos olisin edes vähän taipuvainen olemaan rehellinen, minun olisi myönnettävä, että polveni muuttuivat vedeksi.

Sen sijaan, että olisin rehellinen, päästin vihaisen murinan ja suuntasin takaisin käytävään.

LUKU VI

"Hän petti", kuiskasin ja tuijotin sähköpostiin, jonka olin juuri saanut.

"Kuka petti?" Tracy kysyi.

Istuin pöytäni reunalla tarkastamassa hänen kynsiään ja odottaen hänen lopettavan, jotta voisimme juoda töiden jälkeen.

"Jeremy Cartwright on ylittänyt tavoitteensa".

"Tiedän", hän sanoi täysin välinpitämättömästi adrenaliinin, paniikin, himon ja raivon sekoitukselle, joka pyörtyi yhtä suurissa osissa kehossani.

Hän ei ollut kertonut Tracylle vedosta.

Oli liian typerää ja lapsellista puhua siitä, ja koska se liittyi Jeremy Cartwrightiin ja seksiin, hänellä ei ollut epäilystäkään siitä, etteikö Tracy olisi hänen puolellaan.

"Mitä tarkoitat, että tiedät?"

"Hän sai juuri täyden maksun takaisin tililleen. Joten tietysti hän on listan kärjessä."

"Että?" sana tuli esiin kovaäänisenä huutavana.

"Hän on ollut toimistossa osa-aikaisesti. Hän tuli tänne Chicagosta hoitamaan isoisäänsä. Mutta nyt hän on mennyt vanhainkotiin kokopäiväisesti, joten hän on myös palannut töihin kokopäiväisesti."

"Miten en tiennyt tätä?"

"Ehkä siksi, että et koskaan poistu toimistostasi? Ehkä jos puhuit jonkun muun kuin minun kanssa..."

Nosta kätesi.

"Vau, joten puhun sinulle. Joten miksi et kertonut minulle?"

"Vitun joulujuhlien jälkeen sinulla oli pikkuhousut niin edelleen", hän huokaisi ja nosti sormiaan lainausmerkkeihin ja sanoi, "hän kielsi minua mainitsemasta nimeään."

Okei, joten ehkä tämä kaikki oli totta.

Ehkä hän ei ollut niin laiska kuin luuli.

Mutta hän oli varmasti yhtä ovela kuin luuli.

Hän tiesi palaavansa täysipäiväisesti.

Veto oli väärennetty!

Nojaten hänen puoleensa koko hemmetin ajan.

"Missä me juomme drinkin?"

Hän rypisti kulmiaan.

"Harry's, missä me aina menemme."

"Ei. Mennään irlantilaisen luo."

"Irlantilainen?" Tracy kohotti kulmakarvojaan niin korkealle, että ne melkein lensivät hänen kasvoiltaan. "Sinä vihaat irlantilaista. Sinne he kaikki menevät."

"Tiedän."

Siellä hän olisi.

Ovela valehtelija rotta ja paskiainen.

LUKU VII

Hän ei ollut siellä.

Taas yksi syy vihani kasvamiseen.

Vihasin irlantilaista.

Se oli tyypillisten välittäjäpukuisten virkailijoiden suosikkipaikka ja valitettavasti, lähinnä läheisyyden vuoksi, Williams Resource Recovery.

Raivosin noin kolmekymmentä minuuttia, jotta tunnin mies saapuisi.

Hän ei tehnyt niin, joten jätin Tracyn alitajuisesti iloiseksi cocktailiinsa (ja naiivin nuoren kauppiaspankkiirin) ja menin takaisin kadun toiselle puolelle katsomaan, oliko hän vielä toimistossaan.

Siellä oli.

Ilmeisesti odottamassa minua, koska kun avasin hänen ovensa, hän ei muuta kuin nojautui tuoliinsa ja hymyili.

"Sinä huijasit."

"Ei aivan totta, neiti Harrison. Kaikki tiedot olivat käytettävissänne. Et vain ymmärtänyt sitä tai et pitänyt sitä kiinnostavana saada."

Hänen sanojensa totuus pisti minua.

"Tehdään se sitten", sanoin välähdellen adrenaliinilla täytettyä röyhkeyttä, että katuin sitä hetkeä, kun huuleni tiivistyivät sanojen ympärille.

"Sulje ovi", hän antoi käskyn ja nousi seisomaan.

Sydämeni hakkasi kovaa.

Kurkkuni supistui.

Käännyin hänen ovelleen ajatellen vuotoa.

En ole varma, kuinka tarkasti tärisevät sormeni pystyivät aktivoimaan lukitusmekanismin.

Käännyin hänen puoleensa.

Kuumuus ja kauhistuttavat vilunväristykset kulkivat ristiriitaisina aaltoina kehoni yli.

Aloin hikoilla samaan aikaan, kun pienet neulanpistot juoksivat ihoni läpi.

Muistin, että hänen pöydällään hän oli sanonut haluavansa minut, joten jalat heikot pelosta, nousin seisomaan, kunnes reideni osuivat puuhun.

Hän oli siirtynyt pöydältä ilmestyäkseen taakseni.

Kiinnitin jalkani ja suljin polvini.

Kieltäydyin antamasta hänen nähdä minun vapisevan.

Hän käpertyi lähelle.

Tunsin hänen ruumiinsa lämmön.

Käänsin päätäni katsoen olkapääni yli, mutta en saanut katsekontaktia.

"Hame vai ei hame?" kysyin teeskennellysti välinpitämättömästi.

Hän naurahti, jyrinä ääni, joka värähteli niskaani vasten.

"Oletko niin ahdistunut?" hän mutisi.

"Tee se jo", purskahdin sanat puristettujen hampaiden läpi.

"Ei sanonut.

"Mitä tarkoitat ei? Se oli typerä ideasi!"

Käännyin ympäri ja huomasin olevani loukussa hänen syliinsä.

Hän oli kumartunut lepäämään kätensä pöydälle.

Hän puhui niskani kaarevuutta vasten.

"Ei, en halua", hänen huulensa veivät pehmeitä suudelmia kireille jänteille jokaisen sanan välissä. "Haluan sinut. Märkä. Haluan. Kerjään."

"En kerjää", sanoin kun kaaristin niskani taaksepäin antaakseni hänen syntiselle suulleen enemmän tilaa liikkua.

"Sinä aiot tehdä sen." Hän nosti kätensä leukaani vasten ja nosti kasvoni katsomaan häntä. "Sinä rakastit sitä viime kerralla. Halusit enemmän, eikö niin?"

Taistelin otteen leukaani ja pudistin pääni.

Hän laski suunsa minulle, hänen huulensa liikkuivat minun ylitse ja sanoi:

"Valehtelija".

Avasin hänelle ajattelematta.

Annoin hänen kielensä löytää tiensä minun kielelleni, huokaisin ilosta, kun märkä kärki pelasi minua niin hyvin.

Hyvin.

Niin hyvä.

Näin se kaatui viimeksi.

Se ei ollut tequila.

Se oli ollut hänen suunsa.

Se oli se, mikä oli päihdyttänyt minut avaamaan jalkani.

Kumarruin häneen ja rakastin hänen kovan rintansa tuntua, joka painaa rintojani vasten.

Hänen suunsa jätti omani, enkä voinut olla pettynyt huokaus, jonka aiheuttama menetys.

Hän nousi polvilleen.

Katsoin häntä, kun hänen kätensä liikkuivat hitaasti ylös pohkeitani.

Hänen kätensä pysähtyivät polvilleni levittääkseen jalkani leveämmäksi.

Tein sen ilman protestia.

Hameeni alle tulivat sormet.

Liu'uttamalla niitä, liu'uttamalla niitä sisäreideni pehmeää, herkkää ihoa pitkin.

Hame tarttui jalkoihini ja kun yritin levittää niitä leveämmäksi, halusin yhtäkkiä ottaa sen pois.

Halusin kaiken ulos.

Vein sormeni hameeni sivuvetoketjua kohti, mutta se ei liikahtanut.

Etsin hametta.

Turhautuneena päästin kirouksen, joka sai hänet nauramaan.

Todellisuus puuttui ääneen ja tajusin kuinka nopeasti olin antautunut.

Ajatus raivostutti minua: Voi kuinka hänen täytyy rakastaa sitä!

Vapautin vetoketjun huokaisten ja katsoin alas, valmis sanomaan jotain sarkasmia, kun näin hänen silmänsä.

Siellä ei ollut naurua, ei voittoa, vain raaka, alaston tarve.

Se iski minuun kovasti.

Ilma poistui keuhkoistani nurinaa.

Todellisuus hajoaa hänen täytyy olla perseestä.

Ilma muuttui silloin sillä hetkellä.

Se meni sähköiseksi ja kipinöi tarpeemme väreistä.

Repäsin hameeni sivun.

Lävistävä ääni, joka repesi ilmassa, mutta en välittänyt.

Halusin kaiken ulos.

Kaikki pois.

Juuri nyt.

Hän auttoi minua laskemaan hameeni.

Se kerääntyi jalkoihini jättäen minut seisomaan vain kantapäässäni ja polvissani.

Menin riisumaan kenkäni, mutta hän pudisti päätään ja puristi sanan

"Ei".

Hänellä oli yllään yksinkertaiset pikkuhousut.

Ei mitään hienoa, ei pitsiä, vain vaaleanpunaista puuvillaa, mutta silti ne saivat hänet voihkimaan.

Tunsin ilon tulvan äänestä.

Hänen sormensa hyökkäsivät puseroni kimppuun, vetäen helmiäisnappeja äärimmäisen halveksuen.

Kuulin pingin hyllyltä, kun hän avasi puseroni.

Sitten hän nousi seisomaan ja pujasi paidan olkapäilleni ja vei kätensä käsivarteeni ylös poistaakseen sen kokonaan.

Hän vetäytyi pois ja katsoi minua.

Taistelin halusta peittää itseni ja kaivoin sormeni pöydän reunaan.

Aika pysähtyi, kun hän katsoi, kunnes täyttyi.

Hengitykseni haukkoi toimiston hiljaisuuden.

Odota.

Aika.

Nännit turvosivat tuskallisesti, märkä kusipää odotti.

Hän ei ollut tottunut odottamaan.

Hallinta ei ollut asia, josta luovutin helposti.

Hän oli kireällä kuin värähtelevä merkkijono odottaessaan hänen liikkeensä.

Hänen liikkeensä vaikuttivat tarkoituksellisesti hitailta, kun hän palasi seisomaan lähelle.

Ihan kuin hän olisi rauhoittunut haluttuaan riisua vaatteeni.

Hän ei puhunut, vaan mutisi epäselviä mielihyvän ääniä liukuessaan kätensä iholleni.

Hän tutki minua ikään kuin kartoittaen topografiani, sormensa seuraten jokaista notkoa ja käyrää intensiivisellä keskittymisellä.

Voihkin ja nyökkäsin lantioni, kärsimättä sormien siirtymisestä etelään.

Hän jätti huomiotta lantioni itsepintaisen liikkeen ja jatkoi kiduttavan hidasta tutkimustaan.

Kun hänen sormensa liukuivat alas vatsaani käyrää pitkin ja harjasivat housujeni joustavaa reunaa vasten, huokaisin.

"Joo".

Luulin, että hän kaivaa syvemmälle ja koskettaisi vihdoin pilluani, mutta sen sijaan hän toi kätensä lantiolleni ja käänsi minut seisomaan pöydän eteen.

Hänen sormensa liikkuivat kiusoittavasti perseeni poikki ja sitten liukuivat alas nilkoihini levittäen jalkani kauemmas toisistaan.

Minun täytyi nojata eteenpäin saadakseni tasapainon lepäämään kyynärpääni hänen työpöytänsä päällä.

Hierovat kädet liikuttivat pohkeitani ylöspäin, lahjakkaat sormet kaivautuivat lihakseen, kunnes aika muuttui melkein nestemäiseksi.

Kun hän saavutti polvilleni, hän toi suunsa leikkiin ja seurasi märkiä suudelmia herkän käyrän yli.

En voinut olla heilumatta lantioni, vartaloni liikkui ajattelematta, heilui nautinnosta.

Huokaisin, kun hänen peukalot kaivoivat lihaksiani rauhoittaen solmuja ja kipuja.

Minne hänen sormensa menivät, seurasin hänen suutaan suutelemalla, pureskelemalla, nuolemalla ja lopulta silitellen hänen leuansa sänkeä.

Kun hänen kätensä ojentuivat kupittamaan peppuani, odotin valmiina hänen ottamaan pikkuhousuni pois.

Hän ei tehnyt sitä.

Sen sijaan hän liukui peukalot nuorekkaiden pikkuhousujen neliömäisen reunan alle ja nosti ne ylös.

Hän veti, kunnes kangas työntyi pakaroideni väliin ja keinui märkää viiltoani ja sykkivää klitoriaani vasten.

Nousin varpailleni haukkoen, kun hän veti housujani tuhoisella vaikutuksella.

Voisin tulla näin.

Tajusin sen, kun märkä liina hyväili klitoistani.

Perääntyin ja kehotin häntä haukkumallani ja voihkimallani.

"Kyllä. Kyllä", huokaisin, kun tunsin lähestyvän orgasmin alun.

Ja hän lopetti lyömällä minua perseeseen.

"Ei vielä", hän sanoi, ja minä kirjaimellisesti hillin haluni huutaa ja upotin hampaani tuskallisesti alahuuleeni.

Hän riisui minulta pikkuhousut yhdellä liikkeellä.

Hänen molemmat kätensä tarttuivat reunoihin ja vetivät ne nopeasti alas.

Hän kosketti jalkaani, kun ääriin venyneet pikkuhousut ulottuivat polvilleni.

Koska en liikkunut tarpeeksi nopeasti, hän repi pikkuhousuni kulmasta.

Kaksi jäännöstä putosi kenkieni päälle.

Minulla ei ollut aikaa protestoida.

Sillä hetkellä, kun peppuni oli paljas, hän työnsi jalkani syvemmälle ja hautasi kasvonsa peppuni.

Hänen kätensä menivät pakaraani, ojennetuilla sormilla hän avasi niitä edelleen.

Huusin shokissa heti, kun hänen kielensä osui perseeseeni.

Pienet käännökset.

Huomasin soittavani hänen kanssaan hänen kielellään:

"Ööh-öh-öh..."

Tunne oli uskomaton.

En ole koskaan tuntenut mitään tällaista.

Keinuin hänen suutaan vasten.

Käteni ojentuivat ja tartuin pöytään.

Paperit lipsahtivat heiluvien käsivarsieni alta ja rypisivät sormieni välissä.

Käsi jätti takapuoleni jalkojeni väliin.

Hänen peukalonsa, luulen, että se oli hänen peukalonsa, syöksyi märkään pilluani ja sitten alas klitoosi.

Hän kierteli turvonneen nub:n ympäri , kun hänen kielensä painoi peräaukoni vasten.

Tunsin tiukan peräaukon rentoutuvan hänen kielensä sinnikkäästä työntövoimasta.

Kieli.

Peukalo klitisessäni.

minä antauduin

Suuni painui puuta vasten.

Itkin eläinten ääniin, ilman sanoja, kiljuntaa ja murinaa.

"Uh, uh, uh, eeeeee", tunsin peräaukoni supistavan hänen kielellään.

Hänen peukalonsa teki viimeisen vedon klitoosi ja sitten hänen sormensa painuivat alas sukeltaakseen kusiini.

Ratsasin orgasmin hänen käteensä, supistaen sen hänen sormiinsa.

Väsyneenä liukasin eteenpäin ja pudotin lisää papereita lattialle, kun romahdin vartalolleni hänen pöydälleen.

Kun makasin näin, hänen pöytänsä päällä, hän tuli taakseni.

Tunsin hänen erektionsa paineen lepäävän pakaroideni välissä.

Tuntea hänen kova kalu siellä muistutti minua vedon vielä maksettava ja jännitin.

LUKU VIII

Hän juoksi kädellä nyt jäykkää selkääni pitkin selkärankaa.

"Rentoudu", hän sanoi liikkuessaan hitaasti ylös selkärangani pullistumaa.

En voinut rentoutua.

Pystyin ajattelemaan vain hänen kukkonsa ja kusipääni kokoa, mikä sai minut säikähtämään.

Hän kumartui ylleni, suunsa niskani juurella, ja mutisi:

"Okei. En satuta sinua. En koskaan satuttaisi sinua."

Pysyin jäykkänä , en puhunut, kun hänen kätensä jatkoi hyväilyä selkääni.

Minulla oli edelleen rintaliivit päälläni.

Hän pysähtyi hihnojen kohdalle siirtääkseen lukkoa.

Kun hihnat oli irrotettu, hän toi kätensä olkapäilleni ja hellästi puristaen nosti minut jaloilleni.

Hän tarttui minuun lujasti ja veti minut itseään vasten.

Rintaliivit löystyivät, kun nousin istumaan, ja hän liikutti käsiään kupaillakseen rintojani.

Hänen peukalot juoksivat yli nänneni kovettuneet kärjet.

Hän oli edelleen täysin pukeutunut.

Hänen vyönsolkensa tuntui kylmältä alaselkääni vasten.

Hän käänsi lantionsa minua kohti, työntäen kukkoaan hitain ympyröin pohjaani vasten.

Jännitys, joka tarttui kehooni, helpotti hitaasti hänen suunsa liikkuessa alas niskalleni.

"Niin kaunista", hän mutisi.

Hän kurkotti alas kuppiakseen kusipäätäni, kietoi sormensa kosteiden huulten väliin, upottaen lyhyesti kahden sormensa kärjet sisään.

Nojasin varpailleni antaakseni hänelle enemmän pääsyä, nojauduin eteenpäin luottaen siihen, että hän pitää minut pystyssä.

"Kyllä", hän sanoi puristaen nänniä vasemmassa rinnassani, uskomaton tunne kulkee kehossani.

"Kumartu", hän sanoi, kun hänen sormensa lähtivät pillustani ja asettuivat alaselkääni.

Hän työnsi minua varovasti eteenpäin, kunnes lantioni koskettivat pöydän reunaa.

Rentouduin ja annoin hänen sijoittaa minut sinne, missä häntä tarvitsin.

Tunsin hänen putoavan jälleen polvilleen.

Hänen kätensä vaelsivat alas reisieni sisäpuolelle, kunnes hänen peukalonsa lepäävät pilluni halkeamaa vasten.

Hän liu'utti toisen peukalon ja sitten toisen sisään.

Odotin, että hän työntäisi pidemmälle, mutta hän ei, vaan liu'utti märät peukalot perseeni ja sisäänkäynnin väliin.

Hän kiersi märät peukalot herkän reiän ympärillä.

Työnsin taaksepäin ja paine kasvoi, kunnes peukaloni liukastui lihasrenkaan sisään.

Huokaisin hyökkäyksestä, mutta en protestoinut.

Hän pelasi työntäen yhden ja sitten toisen peukalon sisään.

Halusin enemmän, paljon enemmän.

Väliaikainen paine ei riittänyt.

Halusin olla täynnä.

Aloin puhua "Jeremy puolesta..." ja sitten haukkoisin henkeä.

"Mitä kulta, mitä sinä haluat?"

En vastannut.

Toin käteni, missä otsani oli levännyt, suulleni ja purin lihaan.

Hän jatkoi kiusoittelevia pieniä työntöjä peräaukkooni.

Työnsin taaksepäin, kehoni vaati lisää.

"Sano se", hän sanoi, ja tiesin, ettei hän antaisi minulle enempää, jos hän ei sanoisi sanoja.

Vastustin ja keinuin eteenpäin.

Häpyluuni osui pöydän reunaan, ja tajusin, että jos raahaan itseäni hieman, selviän.

Liikutin lantioni, mutta hän, ikään kuin aistii suunnitelmani, tarttui lantioni, pakotti minut pysymään paikallaan.

Sillä hetkellä hän laski päänsä reisieni väliin ja nojautui imettämään pitkään viiltooni.

Murasin, ja sitten kun hänen kielensä palasi edelleen perseelleni, haukkoisin henkeä.

Hänen suunsa irtosi perseestäni ja heilutin lantioni takaisin, jotta hän voisi jatkaa.

Hän tarttui minuun uudelleen ja sanoi:

"Kerro minulle".

Annoin kehoni huutaa, kun mieleni vielä kieltäytyi.

Hän nousi ylös ja minä nostin pääni pöydältä katsoen olkapääni yli.

Hän oli tupannut kukkonsa kondomissa jossain vaiheessa, hänen housunsa olivat auki lantiolla ja hänen lateksilla päällystetty kukko heilui paksusti ja kovasti.

Katselin suurilla silmillä, kun hän silitti liukkaita käsiään erektiollaan.

Sanat jäivät kurkkuuni, hän kurkotti eteenpäin ja painoi peniksensä leveän, liukkaan pään peräaukoni vasten.

Hän keinutti lantiotaan työntäen kärkeä niin kevyesti pohjaani.

Odotin venytystä, syöksyä, mutta hän ei liikkunut enää.

Katsoin häneen ja tapasin päättäväiset siniset silmät.

"Kerro minulle", huokaisin, "rakastatko minua?"

"Joo vittu", hän murahti, "haluan naida itsepäistä persettäsi."

Se riitti.

Riittää, että annoin periksi.

"Ota se. Ota se, Jeremy, ota minut."

Hän rokkasi eteenpäin, hitaasti, hyvin hitaasti, työntäen kukkonsa pään perseeseeni.

Huokaisin prosessissa.

Kutinassa

Hän aikoi olla kertomatta hänelle enempää, kun hän liukastui liukkaalla poksahduksella tiukan lihasrenkaan läpi helpottaen kipua.

Hän ojensi kätensä alaselkääni keinuessaan sisälläni.

Nautin kylläisyyden tunteesta, yllätyin kuinka hyvältä se tuntui.

Olin tottunut hitaasti keinuvaan tunteeseen, kun hän tarttui lantiostani ja alkoi työntää.

Hän työnsi koko pituutensa sisään ja ulos minusta.

Hänen vyönsolkinsa napsahti joka kerta, kun hän laskeutui pohjaan.

Jokainen työntö toi klitorikseni juuren työpöytää vasten.

Tunsin nousevan orgasmin.

Puristin odottaessani ja kuulin hänen voihkivan, kun hän teki niin.

Hän teki sen uudelleen.

Jokaisella työntövoimalla puristaisin persettäni kovaa hänen kukkonsa ympärille vain kuullakseni hänen valittavan.

Hän löi minua lujasti, olin niin tarkkana ajoittamassa otteeni hänen lyöntillään, että orgasmi tuli minulle melkein ilman varoitusta.

Hengitin, nojauduin taaksepäin ja tunsin oudon ja yllättävän tunteen, että perseeni puristui orgasmiin hänen kalunsa ympärillä.

Hän murahti, työnsi, pysähtyen, kun lihakseni tärisivät hänen pituudellaan.

Kun orgasmini laantui, se alkoi uudestaan.

Rytmiä ei työnnetty.

Helvetin lyhyt ja sitten pitkä.

Syvä ja sitten matala.

Kunnes hän huusi kurkkuhuikaten:

"I cum!"

Hän kaatui päälleni ja painoi minua pöytää vasten.

Hän roiskui suudelmia niskaani ja lapaluuni, pysähtyen silloin tällöin nuollakseen hikeä iholtani.

Pysyin paikallani ja nautin hänen painostaan.

Seisoin pöydän ääressä alasti ja jaloin, kun hän nousi , avasi kondomin ja suoristi vaatteensa.

Vasta kun hän istui pöytänsä ääressä, nousin vihdoin ylös.

Minulla oli paperilappu teipattu vasempaan rintaani.

Se oli muuttunut ylevästä naurettavaan.

Otin sen pois, ojensin sen hänelle ja sanoin:

"Toivottavasti se ei ole tärkeää."

Hän otti sen minulta hymyillen.

Ensin etsin pikkuhousujani ja sitten tajusin, että ne olivat kahdessa osassa, puin vain litteän hameeni päälleni.

Vetoketju nousi vain puoliväliin, rikki ylhäältä.

Paidani ei myöskään ollut hieno, kaksi nappia puuttui ja se roikkui auki rintojeni edessä.

Katsoessani, kuinka tuhoisat asuni olivat osoittautuneet, Jeremy oli noussut pöydästään ja poiminut puvun takkinsa.

Hän ojensi sen minulle ja laitoin sen päälleni.

Se tuli alas reiden puoliväliin ja peitti suurimman osan vaurioista.

Kääriessäni liian pitkät hihat, Jeremy istui takaisin pöydän ääreen minua vastapäätä.

"Joten", hän sanoi, eikä yhtäkkiä näyttänyt niin varmalta itsestään.

"Niin", sanoin uudelleen.

"En halua odottaa tätä enää kymmentä kuukautta."

Suuni putosi hieman.

Suljin sen ja yritin löytää tapaa vastata.

"Nancy, kultaseni, olet itsepäisin, kömpelö nainen, jonka olen koskaan tavannut."

Raivostuneena löysin helposti sanoja vastaamaan tähän!

Avasin suuni sylkeäkseni kotitotuutta hänestä, kun hän ojensi käteni ja laittoi sormen huulilleni äänettömästi.

"Sinä rakastat minua. Minä rakastan sinua. Helvetti, myönnän sen! Enemmän kuin rakastaa sinua. Pidän sinusta. Jokaista itsepäisyyttäsi. Yritetään."

Kun hän sanoi sanat, tiesin, että se oli mitä halusin.

Mitä todella halusin.

"Todellako? Olet tosissasi", kuiskasin.

"Lopeta suloinen perse", hän sanoi vetäen minua eteenpäin ottamaan suuni intohimoiseen sulavaan suudelmaan.

"Kyllä", mutisin hänen huuliinsa vasten.

"Tunnisit hänet vihdoin", hän sanoi ja suuteli minua lujasti vielä kerran.

LOPPU